어디가 좋은지
몰라서 다
가 보기로 했다

일러두기

~ 본문에 등장하는 인명, 지명, 경험은 여행 당시의 실제 상황 및 기억을 바탕으로
  서술되었습니다. 일부 인물의 이름은 개인 정보 보호를 위해 가명으로 처리했
  습니다.
~ 현지의 생활, 문화, 관습에 대한 묘사는 저자의 주관적인 시선이 반영된 것으로,
  다른 시각이나 경험이 존재할 수 있습니다.
~ 여행 비용, 이동 경로, 입출국 제도 등의 정보는 여행 당시 기준입니다.
~ 표준어 및 외래어 표기는 가급적 맞춤법에 따랐으나, 여행의 생생한 말맛과 분
  위기를 전하기 위해 통용되는 표현이나 구어적 문장을 적절히 사용한 부분이
  있습니다. 독자의 이해를 돕기 위함이니 널리 양해 부탁드립니다.
~ 본문 속 대화나 에피소드는 일부 편집 또는 축약되었으나, 사실 관계의 왜곡이
  없도록 신중을 기해 작성했습니다.

이 책이 누군가에겐 첫 여행의 용기가 되기를, 또 다른 누군가에겐 잊지 못할 한
시절을 떠올리는 통로가 되기를 바랍니다.

어디가 좋은지 몰라서 다가 보기로 했다

버드모이의
2500일, **100**개국
세계여행

버드모이
지음

포르체

나는 어떻게 여행자가 되었을까

내가 왜 여행 에세이를 쓰겠다고 결심했을까. 출판 계약을 마치고 막상 첫 문장을 쓰려다 보니, 머릿속이 하얘졌다. 가장 최근의 여행부터 천천히 기억을 되짚어 봤다. 저번 달에는 중국에 있었고, 작년에는 아프리카를 여행했으며, 재작년에는 영국에서 지냈던 시간이 떠올랐다. 그렇다면 7년 전, 나는 어떻게 세계여행을 시작했던 것일까? 적당한 대학을 졸업하고, 적당한 회사에서 일하던 스물일곱의 나는 결국 퇴사를 결심했고, 그 길로 베트남행 비행기에 몸을 실었다. 돌아보면, 그 순간이 내 첫 번째 여행자 선언이었다.

계획도 없이 도착한 낯선 베트남의 한 도시에서 아무것도 하지 않는 하루는 처음엔 나를 불안하게 만들었다. 하지만 그런 하루의 여유, 허름한 식당의 현지 음식, 무작정 걷다 발견한 공원의 풍경과 사람들을 바라보며 느낀 감각들이 내 안의 무언가를 서서히 흔들었다. 그건 내가 알던 여행 과는 전혀 다른 종류의 시간이었고, 그 순간부터 나는 이 삶에 빠져들기 시작했다.

베트남에서의 2주를 마치고 한국으로 돌아왔을 때, 나는 이상하게도 더 먼 곳을 향한 갈증을 느꼈다. 20대 내내 짧 게는 3일, 길게는 일주일에 걸쳐 여행을 다녀오곤 했지만 세계여행이라는 거창한 꿈은 꾼 적은 한 번도 없었다. 그 러나 이번에는 제대로 된 배낭여행을 해 보고 싶어졌다. 그래서 커다란 배낭 하나를 장만하고, 한 달 동안 아주 빠 르게 남미를 여행했다. 남미는 생각보다 훨씬 더 넓고 풍 요로운 대륙이었고 한 달이라는 시간으로 둘러보기에는 턱없이 부족했다. 더 오래, 더 깊게 여행하고 싶다는 열망 이 내 마음에 자리 잡기 시작했다.

그즈음 나는 국가대표 축구에 푹 빠져 있었다. 그러다 붉은악마 응원단과 함께 2019년 아시안컵 경기를 보러 두바이로 향하게 되었다. 사실은 우리나라가 상위권에 오를 거라는 예상을 듣고, 그 역사적인 순간을 직접 목격하고 싶었던 것이었다. 하지만 아쉽게도 우리 팀은 조기 탈락했고, 나는 갑작스레 여행의 목적을 잃은 채 낯선 도시 한가운데 남겨졌다. 그때 문득, 지금 한국에 돌아가긴 이르다는 생각이 들어 다시 베트남행 비행기를 예약했고, 약 3개월간 동남아시아를 육로로 여행하기로 결심했다.

다시 찾은 베트남에서의 나는 퇴사 직후 공항에 캐리어를 끌고 도착했던 그때와는 많이 달라져 있었다. 화장기 없는 얼굴, 낡은 옷차림, 무거운 배낭 하나. 하지만 그 안에는 더 단단해진 감각과, 조금씩 현지의 삶에 스며드는 나 자신이 있었다. 베트남을 시작으로 라오스, 캄보디아, 태국, 미얀마까지, 비행기 없이 버스만으로 국경을 넘으며 여행을 이어 갔다.

지금은 익숙해진 슬리핑 버스도 그때는 신기한 경험이었다. 눅눅한 에어컨 바람과 발냄새가 섞인 좁은 공간에서 밤새 이동했고, 해 뜨기 전 새로운 나라에 도착하면 휴대폰은 신호를 잃었다. 국경을 넘는 일이 이렇게 몸으로 실감 되는 순간이 있을까. 배낭여행자들이 모여 있는 호스텔에 묵고, 관광지는 피하며, 인터넷보다는 거리에서 만난 사람들의 말을 믿었다. 현지 식당을 찾기 위해 구석구석을 헤매던 그때의 나는 나만의 원칙을 세우고, 그것을 철저히 지키는 데 진심이었다. 그 과정이 곧 여행이었고, 삶을 살아가는 방식이었다.

나의 첫걸음들은 그렇게 시작되었다. 지금은 여행 7년 차, 나는 여전히 이 길 위에 있다. 가끔은 익숙함에 물들어 처음의 설렘을 잊기도 하지만, 이렇게 글을 쓰며 다시 그 시간을 떠올리면 분명해진다. 처음 걷기 시작했던 그날의 감정이, 그리고 아직 끝나지 않은 나의 여행이.

목차

PART 1
배낭 메고 427일

배낭 메고
427일

배낭여행 시작합니다

퇴사 후 캐리어 하나 들고 도망치듯 떠났던 베트남, 호치민에 다시 발을 디딘 것은 정확히 1년 만이었다. 도시는 여전히 분주했다. 사방에서 오토바이 경적이 울렸고, 거리의 상인들은 웃으며 손님을 불러 세웠다. 뜨겁고 요란한 공기 속에 사람 냄새가 뒤섞여 있었다. 그러나 그곳에 다시 선 나는 더 이상 예전의 내가 아니었다.

외적으로도, 내면적으로도 변화가 컸다. 지난 여행에서는 작고 예쁜 캐리어 하나에 원피스를 챙겨 다녔지만, 이번에는 온몸을 짓누르는 무거운 배낭을 메고 있었다. 시장에서 산 헐렁한 반팔티와 바지는 편했지만, 거울에 비친 낯선 차림새가 어색했다. 화장품을 담은 파우치도 달라졌다. 파운데이션과 립스틱으로 꽉 차 있던 파우치엔 이제 자외선 차단제 하나만이 달랑 들어 있었다. 단장보다는 이동이, 멋보다는 실용이 우선이 된 까닭이다. 여행 기간도 달랐다. 10일의 짧은 휴가 대신, 적어도 한 달 이상 되는 여유로운 여정이 시작되고 있었다.

많은 사람들이 배낭여행은 '고생을 사서 하는 것'이라 말한다. 맞는 말일지도 모른다. 하지만 나는 그 고생 속에 배낭여행의 묘미가 숨어 있다고 믿는다. 오랫동안 동남아시아 지도를 들여다보다 결국 베트남 종단을 결심했다. 호치민에서 하노이까지. 단 몇 시간이면 충분한 비행 대신, 기차와 버스를 타고 천천히 밟아가기로 했다. 출발 전부터 마음이 설렜다.

호치민에서 몸과 마음을 재정비한 나는, 첫 행선지로 다낭을 정했다. 이동 수단은 누워서 갈 수 있다는 '슬리핑버스'. 목적지까지 스물네 시간이 걸린다고 했다. 출발부터 순조롭지 않았다. 정시에 오지 않는 버스를 기다리며 불안이 커졌다. 혹시 잘못된 장소에서 기다리는 건 아닐까, 이미 떠난 건 아닐까. 그러나 같은 배낭을 멘 여행자들이 곁에 있었다. 묵묵히 기다리던 끝에 두 시간이 지나서야 버스가 도착했다. 사람들은 작은 불만을 쏟아냈지만, 의외로 차분했다.

버스에 오르자마자 잠들고 싶었지만 도로 위를 울리는 끊임없는 경적에 잠을 이룰 수 없었다. 눈을 감아도 10초 간격으로 울려 퍼지는 클락션 소리에 짜증이 치밀었다. 결국 한숨도 자지 못한 채 나트랑에 도착했고, 잠시 도시를 둘러본 뒤 다시 야간 버스를 타고 다낭으로 향했다. 그러나 예상과 달리 새벽 네 시에 호이안에서 버스가 멈췄다. 안내도 없이 내려지자 낯선 거리에 홀로 남겨진 기분이었다. 캄캄한 거리의 정류장 벤치에서 세 시간을 버티고 나서야 다낭행 버스를 탈 수 있었다. 꼬박 하루가 걸려 도착한 다낭은 지치도록 멀었지만, 그만큼 특별했다. 조금씩 배낭여행의 불편함에 익숙해져 가는 중이었다.

다낭에서는 처음으로 '카우치서핑'을 이용했다. 단순한 무료 숙소 공유가 아닌, 여행자와 현지인이 함께 문화를 나누는 공간을 경험하기 위해서다. 회원 가입을 하고, 나의 여행 목적과 관심사를 상세히 적은 뒤, 해당 지역의 호스트에게 요청을 보냈다. 단순하면서도 신뢰를 기반으로 한 공동체에 첫 발을 내디딘 것이다.

내 요청을 받아준 호스트는 20대 남성으로, 가족과 함께 3층짜리 집에서 살고 있었다. 나의 잠자리는 2층 거실에 놓인 커다란 소파였다. 그 집은 따뜻하고 정이 넘쳤으며 특히 호스트의 누나는 한국 문화에 관심이 많았다. 그녀는 내가 챙겨 온 메이크업 제품에 호기심을 보였고, 나는 화장을 해 주었다. 낯선 방식이지만 따뜻한 문화 교류였다.

짧은 시간이었지만 그 가족과 함께하면서 베트남 중산층의 일상을 가까이에서 볼 수 있었다. 부모 세대는 부지런히 일했고, 자녀 교육에 힘을 쏟았다. 그 모습은 마치 90년대 한국을 떠올리게 했다. 빠르게 성장하는 도시의 한복판에서, 나도 변화의 한 장면을 지켜보는 듯했다.

다낭은 리조트와 한국 음식점들이 많아 종종 '배낭여행자에겐 심심한 도시'라고 평가받는다. 하지만 나의 다낭은 호스트와 그의 친구들 덕분에 여행 느낌이 가득했다. 특히 브라질 친구들과 함께 오토바이를 타고 하이반 고개를 넘던 날은 오래도록 기억에 남을 것이다. 길을 달리다 멋진 풍경이 나타나면 우린 주저 없이 멈춰 섰고, 사진을 찍고 감탄을 나눴다. 그들은 내 카메라를 향해 장난기 가득한 표정을 지었고, 나 역시 그 순간을 즐겼다. 즉흥적인 일정 변화나 예측 못 할 상황이 여행을 특별하게 한다는 걸 깨달았다. 계획에서 벗어난 일들 속에서 오히려 진짜 여행이 시작되었고, 나는 조금씩 그 흐름에 몸을 맡기게 되었다.

나의 일일 오토바이 크루원들.

여행은 결국 장소보다 사람에 관한 것이었다. 오래 남는 것은 풍경이 아니라 함께 나눈 대화, 함께 바라본 하늘, 함께 웃었던 기억이었다. 다낭은 그 사실을 알려주었고, 내게 특별한 도시가 되었다.

이 첫 배낭여행은 단순히 베트남을 가로지르는 이동이 아니었다. 익숙한 것을 내려놓고 낯선 곳에 스스로를 던졌던 시간이자 카우치서핑으로 만난 사람들과의 교류가 함께였다. 예기치 못한 상황 속에서 배운 유연함은 내 삶의 방향을 바꿔 놓았다. 그리고 그 모든 순간이 내게 말했다.

진짜 여행은, 사람을 통해 시작된다는 것을.

영어는 용기의 문제

베트남에서 라오스로 넘어왔다. 버스를 타고 국경을 건너며 잠시 눈을 감았는데, 눈을 뜨자 분위기가 확 달라져 있었다. 도시의 열기와 활기가 넘쳤던 베트남과 달리, 라오스는 고요하고 여유로웠다. 하지만 낯선 풍경 속에서도 익숙한 장면 하나는 여전했다. 유럽에서 온 여행자들이 무리를 지어 거리를 거닐고, 호스텔의 공용 공간을 가득 메우고 있었다. 이곳에도 여행자가 많았다.

한 달 동안 베트남을 여행하면서 영어 한마디 제대로 못하는 나 자신을 얼마나 원망했는지 모른다. 28년을 살면서 회화 공부 한 번 진득하게 해본 적 없는 내가, 여기서는 그

벽을 여실히 느꼈다. 세계 각지에서 모인 여행자들은 아무렇지 않게 인사를 건네고, 농담을 주고받으며 친구가 되어갔다. 그 무리에 끼고 싶은 마음은 굴뚝같았지만, 말이 안 통하니 늘 한 발 뒤로 물러설 수밖에 없었다.

호스텔 침대에 누워 혼자 생각했다. '어떻게 하면 영어를 잘할 수 있을까?' 뾰족한 답은 나오지 않았지만 한 가지는 분명했다. 부딪히지 않으면 아무것도 달라지지 않는다는 것! 그래서 말이 안 통해도 무리에 껴 보기로 결심했다. 다음 날 아침, 외국인 여행자들에게 먼저 인사를 건넸다. 활발한 친구들이 먼저 말을 걸어줄 때도 있었다. 알아듣지 못한 말이 훨씬 많았지만, 그 어설픔이 오히려 용기가 되었다. '못 알아듣는 건 당연한 거야'라며 스스로를 다독이며 따라다녔다.

다행스럽게도 세상엔 따뜻한 여행자들이 많았다. 내가 모르는 단어는 하나하나 성심껏 설명해 줬고, 그런 교류가 쌓이면서 귀가 트이기 시작했다. 상대방의 표정과 손짓, 분위기를 보며 의미를 유추하고, 틀린 문장을 말하면서도 대화는 이어졌다. 언어보다 중요한 건, 말하려는 의지였다.

캄보디아에서는 앙코르와트 동행자를 찾다가 반가운 얼굴들을 만났다. 베트남에서 맥주 한 캔을 나누며 잠깐 이야기를 나눴던 프랑스 친구 세 명이 오토바이를 타고 여행 중이었다. 우연한 재회는 언제나 기쁘다. 그들도 나도 영어가 서툴렀다. 아이들이 더듬거리며 말장난하듯 단어 몇 개로 이어간 대화였지만, 그게 또 통했다. 우리는 웃었고, 손짓과 몸짓으로 이야기를 이어가며 점점 가까워졌다. 즐거움을 나누는 데 유창한 영어는 필요하지 않았다.

치앙마이까지는 야간 기차를 타고 갔다. 흔들리는 침대칸, 커튼 너머로 보이던 도시 불빛, 낯선 여행자들이 모여든 작은 공간이 상상되는 야간 기차는 오래전부터 로망이었다. 덕분에 시간도 아끼고 숙박비도 줄일 수 있었지만, 무엇보다 창밖 풍경을 바라보며 차분히 생각할 수 있는 시간이 귀했다. 기차에서 만난 이들과 여행 이야기를 나누고, 카드 게임을 하며 웃다 보니 자연스럽게 대화가 이어졌다. 모든 순간이 작은 배움이었다.

도착해서는 다시 카우치서핑을 이용했다. 이번 호스트는 호주 출신의 할아버지, 릭이었다. 그는 태국으로 이주해

3층 집에서 살며 두 개의 방을 여행자들에게 내어 주고 있었다. 따뜻하고 여유로운 인상의 릭은 집 안의 모든 공간을 열어주었고, 나는 그곳에서 또 한 명의 좋은 친구를 만났다. 프랑스에서 온 토니였다. 미얀마에서 태국까지 히치하이킹을 해서 온 그는 거실에서 우쿨렐레를 연주하고 있었고, 나는 그에게 먼저 말을 걸었다. 토니는 음악이야말로 사람들과 가까워질 수 있는 최고의 방법이라며 내게 우쿨렐레를 가르쳐주었다. 우리는 카우치서핑의 철학에 대해서도 길게 이야기를 나누었다. 단순한 숙박 공유가 아니라, 현지인과 연결되고 세상을 더 깊이 들여다 볼 수 있는 창이라는 걸 새삼 느꼈다.

그 집에서의 시간이 보람찼던 이유는 내 영어가 눈에 띄게 늘었기 때문이다. 내 영어 실력 향상의 가장 큰 지분은 칠레에서 온 레오였다. '디지털 노마드'라는 말조차 낯설었던 당시에, 치과의사인 그는 태국의 의료 환경을 활용해 외국인을 위한 원격 상담과 진료 연결 시스템을 운영하고 있었다. 동시에 교수이기도 했던지라 내 더딘 영어를 차분히 들어주고, 천천히 고쳐 주었다. 덕분에 말하기에 대한 두려움이 조금씩 옅어졌다.

마지막으로 만난 인상 깊은 친구는 독일에서 온 소피아였다. 나이로는 막내였지만 누구보다 침착하고 책임감이 있었다. 무계획이던 우리 셋을 이끌며 모든 일정을 정리해 줬고, 우리는 그의 결정을 기꺼이 따르는 '예스맨'이 되어 버렸다.

릭의 집이 너무 좋아서 결국 3주를 머물렀고, 이후에도 헤어지기 아쉬웠던 우리는 함께 미얀마로 떠나기로 했다. 미얀마 양곤까지는 24시간이 걸렸지만 친구들과 함께였기에 시간은 금세 흘렀다. 양곤에서도 소피아가 짠 계획대로 며칠을 여행했고, 이후 그녀는 다른 도시로 떠났다. 레오는 인터넷이 불안정한 미얀마에서 일하기 어려워 다시 태국으로 돌아갔다. 다시 나 혼자 남게 됐지만, 마음은 외롭지 않았다. 한 달간 함께하며 영어로 나눈 대화들, 때로는 머릿속이 하얘질 정도로 벅찼던 순간들이 마음을 한쪽을 따듯하게 안아주고 있던 덕분이다.

이 여행 이후로 외국인과의 대화가 더는 두렵지 않아졌다. 여전히 완벽하진 않지만, 말하는 것에 대한 자신감은 분명

여행은 두려움보다 설렘이 컸던 그 시간들의 합.
용기를 낸 만큼 나의 추억은 더욱 다채로워진다.

Thailand 태국

생겼다. 천천히, 그러나 꾸준히 내 영어는 거북이처럼 앞으로 나아가고 있었다. 실은, 6년이 지난 지금도, 나는 여전히 영어로 유창하게 말하지는 못한다. 하지만 내 의견을 전할 수 있고, 억울한 상황에서 부당함을 말할 수 있으며, 새로운 인연과 두려움 없이 이야기를 나눌 수 있을 만큼은 성장했다. 학원도, 과외도 없이, 여행과 사람을 통해 배우고 익힌 결과였다.

여행 중 만난 한국 친구들은 유독 자기가 쓰는 영어를 부끄러워했다. 단어도 알고, 문법도 배웠지만 외국인 앞에선 입을 못 열었다. 영어 앞에서 한없이 작아졌다. 그런 친구들에게 레오가 나에게 해 줬던 말을 꼭 전해 주고 싶다. "우리는 영어권 국가 출신이 아니야. 틀리는 건 당연하고, 발음이 달라도 괜찮아. 너의 이야기를 들을 준비가 된 사람이라면, 네 말을 끝까지 들어 줄 거야. 그러니 자신 있게 말해. 진짜 이상한 건 틀린 걸 놀리는 사람들이지, 네가 아니야."

나쁘지만 착하고,
싫지만 좋은 인도

세계여행을 계획했던 건 아니었다. 그저 두바이에서 열린 아시안컵을 응원하러 간 게 여행의 시작이었다. 그러나 한국 대표팀이 예상보다 빨리 탈락하고 말았고, 돌아가기엔 뭔가 아쉬운 마음이 남아서 한국으로 돌아오는 비행기를 예약하는 대신 베트남으로 건너갔다. 그렇게 3개월간의 동남아 배낭여행이 시작되었다. 여행을 거듭할수록, '이 여행을 여기서 멈춘다면 평생 후회할지도 모르겠다'라는 생각이 들었다. 지도 물끄러미 보자 미얀마 옆에 위치한 거대한 나라, 인도가 눈에 들어왔다. 이왕 여기까지 온 거, 인도까지만 더 가 보자고 마음먹었다.

만달레이에서 육로로 넘어갈 수 있는 국경을 찾았지만, 그 당시엔 내전 때문에 여행금지 구역으로 묶여 있었다. 결국 태국 방콕으로 돌아가, 콜카타행 비행기를 예약했다. 출국 전 미용실에 들러 머리를 짧게 자르고, 약국에서 지사제를 챙겼다. 배낭여행자 사이에서 악명 높은 인도행이니만큼 준비가 필요했다. 마지막으로 떡볶이 한 접시로 한국의 맛을 아쉬움 없이 채워 주고, 공항으로 향했다.

비행기 탑승 전부터 분위기는 사뭇 달랐다. 탑승구 앞에 앉아 있던 승객은 모두 인도인이었고, 여성 여행객이 거의 보이지 않았다. 많은 이들이 딱 봐도 외국인이자 여자 혼자인 나를 나를 신기하게 바라봤다. 처음에는 그 노골적인 시선 때문에 불쾌하고 두려웠다. 나중에 알게 된 건 인도에서의 '빤히 쳐다보기'는 무례함이라기보다는 호기심의 표현이라는 사실이었다. 콜카타 공항에서 도착 비자 받는 일도 잘 할 수 있을지 걱정이 많았는데, 비자 담당자가 유쾌해서 안심했다. 그는 "웰컴!"을 연신 외치며 가족 관계나 직업 같은 꽤 사적인 질문들을 웃으며 물었고, 덕분에 분위기가 풀려 과도한 긴장을 누그러뜨릴 수 있었다.

다만 공항 밖은 또 다른 세계였다. 현금 인출기를 찾는 순간, 어디선가 몰려든 인도 남성들이 '여기 있다', '저기다' 하며 각자 다른 방향을 가리켰다. 그중엔 택시기사, 암환전상도 있었다. 그들 사이를 겨우 빠져나와 택시를 타고 시내로 향했다. 그때부터 진짜 인도가 시작되었다. 인도만의 '무질서 속 질서'는 매 순간 나를 긴장하게 만들었다. 빵빵거리는 클락션, 구급차도 비켜 주지 않는 차들, 신호 따위는 무시한 채 복잡하게 얽힌 도로 위 각종 교통수단 사이에서 나는 점점 더 몸을 움츠리게 됐다.

어렵사리 역으로 이동해 기차를 타고 바라나시로 향했다. 에어컨 나오는 삼등석을 예약했지만, 내 좌석엔 이미 두 명의 인도인이 앉아 있었다. "여기 제 자리인데요."라고 예의바르게 묻자 그들 중 한 명이 자기는 위층이라며 자리를 비켜 주었다. 그런데 잠시 후 역무원이 와서 티켓을 검사하자 무임승차자라는 게 드러났다. 충격이었다. 그렇게 친절하게 웃던 사람이 사실은 돈도 안 내고 기차를 탄 것이었다니. 더 놀라운 건, 주변 승객의 반응이었다. 흔한 일이라는 듯이 아무렇지 않게 고개 한 번 들지 않았다. 인도의 기차 안에는, 말 그대로 온갖 인간 군상이 존재했다.

설렘과 긴장이 교차하는 인도 거리를 걸을 때면, 발걸음에 더욱 힘을 싣곤 했다.

그 뒤로도 수많은 사기를 겪었다. 물건 값을 터무니없이 높게 부풀리는 것은 기본이요, 정보를 속이거나 관광객을 현혹하는 일도 반복됐다. 그래도 인도는 중범죄가 많은 나라는 아니었다. 대신 소리 없이 피로가 쌓이는 곳이었다. 사람에 대한 피로 혹은 귀찮음이 여행자를 지치게 했다. 내가 언성을 높이면 인도인들은 되레 의아하다는 표정을 지었다. "왜 그렇게 화를 내?" 그들에겐 그냥 장난 같은 일이었지만, 나는 감정이 상한 채 하루를 마무리하는 날이 많았다.

그러나 인도는 이상한 나라만은 아니었다. 바라나시 갠지스강에서 본 풍경은 지금도 잊을 수 없다. 화장터에서 타오르는 불꽃, 태워지지 못한 시신을 뜯으려 몰려든 들개, 그 옆에서 수영하는 아이들까지. 성스러운 의식과 폐기된 일상의 경계가 흐릿했다. 심지어 식인 의식을 행하는 아고리 승려까지 눈앞에 나타났을 땐, 현실감이 사라졌다. 온몸에 흰 분칠을 한 채 갠지스강을 바라보던 그는, 정말 다른 세계에서 온 사람 같았다.

바라나시에서 네팔 국경으로 이동할 때도 기억에 남는 에피소드가 하나 있다. 교통편이 없는 건 아니었지만 문제는 버스였다. 미리 예매한 티켓엔 좌석 번호가 없었고, 현장은 혼돈 그 자체였다. 내가 타야 할 버스는 전혀 예상치 못한 곳에 정차했고, 이미 복도까지 사람으로 꽉 차 있었다. 직원에게 필사적으로 사정해 좌석을 확보했지만, 짐을 둘 공간조차 없어 다리 사이에 큰 배낭을 끼고 앉아야 했다. 그렇게 버스에서 밤을 보내고 다음날 아침이 되었다. 새벽 내내 나의 큰 배낭 때문에 불편하게 왔을 텐데도 옆자리 인도 아저씨는 웃으며 "굿모닝!"을 건넸다. 그 순간, 내가 얼마나 짜증에 휩싸여 있었는지 자각했고, 부끄러워졌다.

가장 극적인 기억은 맥그로드 간지에서의 일이었다. 망고 스무디 한 잔으로 시작된 물갈이는 두통, 열, 구토, 설사로 이어졌고, 수없이 화장실을 들락거려야 했다. 그러나 출국을 앞둔 나는 공항이 있는 델리로 내려가야만 했다. 간신히 버스에 몸을 실었지만, 멀미와 서러움이 몰려와 버스 안에서 펑펑 울었다. 그때 나를 안쓰럽게 바라보던 인도 아주머니가 등을 토닥여 주고, 주변에서도 휴지를 건넸다. 그 따뜻한 손길에 마음이 조금 진정됐다. 그런데 잠시 후, 또 웃지 못할 일이 벌어졌다. 내 토사물이 담긴 검은 봉투를 버릴 곳이 없어 망설이던 순간, 인도 아저씨가 그걸 낚아채더니 들판에 던져버린 것이다. '내가 너 대신 해결했어'라는 듯한 표정에, 순간 웃음이 터졌다. 몇 시간 전까진 엉엉 울던 내가, 그 자리에서 눈물 흘리며 웃고 있었다.

인도는 여전히 내가 겪은 나라 중 가장 복잡하고 충격적

노랑 툭툭이는 귀여웠지만 사라진 사이드미러와 세상 죽을 듯이
달리는 속도에, 나 이러다가 죽을 수도 있겠다 싶었다.

인 나라다. 거리를 메운 쓰레기, 지린내, 앙상한 동물들, 그
리고 거리에서 잠든 사람들을 겪어야 한다. 하지만 그 안
에 살아 있는 수많은 삶들은, 빈곤과 혼돈 속에서도 웃음
을 잃지 않았다. 그것은 내가 몰랐던 '다른 방식의 행복'이
었다.

여행 중 수없이 화를 내고, 절망하고, 때론 울기도 했지만 결국 기억에 남는 건 '사람'이었다. 뜻밖의 친절, 엉뚱한 유머, 예기치 못한 인연들까지. 인도는 나쁘지만 착하고, 싫지만 좋은 나라였다. 어쩌면 이 모순 가득한 땅에서 나는, '여행을 통해 성장한다'는 것이 무엇인지 처음으로 깨달았는지도 모른다.

세상의 지붕, 히말라야 산맥

네팔에 간 이유는 단 하나였다. 히말라야 산맥을 보기 위해서다. 에베레스트를 비롯한 세계에서 가장 높은 봉우리들이 줄지어 선 그 경이로운 지형의 한 조각을 내 눈에 담고 싶었다.

사실 여행 전까지 나는 산에 별다른 관심이 없는 사람이었다. 한국에서도 등산은 나와 거리가 멀었다. 그런데 어쩐 일인지 배낭여행을 시작하고 나서부터 자연을 걷고 바라보는 일이 점점 좋아지기 시작했다. 그래서 히말라야 트레킹을 네팔 여행의 버킷 리스트로 잡았다. 욕심을 부리지는 않았다. 체력 거지에 고소 공포증까지 있는 내가 히말라야를 오를 수 있을지, 어떤 코스로 오르면 좋을지 꼼꼼히 살펴보다가 일반 여행자들이 도전하기에 가장 적당하다는 안나푸르나 베이스캠프(ABC)를 오르기로 결심했다.

이 산을 오르려면 먼저 '포카라'라는 도시로 향해야 한다. 네팔에서 두 번째로 큰 호수인 페와 호를 낀 이 조용한 도시는 여행자들이 떠나지 못해 정착하는 곳이자 히피들이 눌러앉는 쉼의 도시이다. 나도 며칠간 호수 주변을 산책하며 여독을 풀었다.

하루는 숙소에서 만난 친구와 함께 명상 수업에 참여하게 됐다. '명상'이라는 단어에 큰 의미를 두지 않았던 나는 그저 호기심에 따라갔을 뿐이다. 모여 앉아서 다같이 눈을 감고 고요한 시간을 가질 줄로만 알았다. 그러나 수업 장소에서 마주한 풍경은 충격에 가까웠다.

레스토랑 뒤편의 작은 동굴 속, 가운데 횃불을 중심으로 히피들이 빙 둘러앉아 있었다. 루즈한 린넨 바지와 수공예 액세서리, 머리카락이 덥수룩한 그들의 모습은 마치 영화 속 장면 같았다. 주최자인 미국인은 노래 가사를 적은 종

떠나지 못해 정착하는 여행자들을 이해할 수 있었던 곳, 페와 호.

이를 건넜고, 모두가 다 함께 "샨티, 샨티…."를 읊조리며
노래를 부르기 시작했다. 나는 어설프게 따라 부르면서도

그 낯선 풍경에 압도돼 눈을 떼지 못했다. 약간의 공포마저 느꼈다. 그날 이후로 히피 모임에 다시 가지는 않았지만, 지금 생각해도 묘한 흡입력이 있는 경험이었다.

충분히 휴식을 취한 후 본격적으로 동행을 찾기 시작했다. 길은 함께 걸어야 더 멀리 갈 수 있다. 고단할 트레킹에서 서로 힘이 되어 목적지까지 함께 가 줄 동행자가 절실했다. 또한 동행은 서로의 안전을 지켜 줄 수도 있고, 트레킹 중 방을 구할 때도 좀더 수월해진다. 1인 여행자보다는 여러 명이서 머물머 저녁도 먹고, 아침도 먹고, 차도 마신다고 해야 롯지 주인과 협상할 때 유리한 까닭이다. 다행히 포카라엔 한인 숙소가 있어 한국인들과 연결되기 수월했다. 세계여행 중인 부부 한 쌍과 나와 비슷한 또래의 남자 여행자가 트레킹에 합류했다.

ABC 트레킹은 보통 6일 이상이 소요되는데, 코스에 따라 소요 시간이 다르다. 푼힐 트레킹 코스를 포함하여 걷는다면 8~9일이 걸리고, 안나푸르나를 빙 둘러보는 서킷 코스는 16~20일이나 걸린다. 나는 ABC만 걷는 6일짜리 코스를 가이드나 포터 없이 직접 짐을 짊어지고 오르기로 마음

먹었다. 가장 현실적인 이유는 예산 때문이었고, 또 내 힘으로 산을 오르고 싶다는 고집도 있었다.

출발은 지프를 타고 머큐까지 약 4시간 이동하는 것부터였다. 그곳에서부터 10kg의 배낭을 메고 본격적인 트레킹을 시작했다. 첫날부터 험난했다. 아찔한 낭떠러지 위에 길게 늘어진 흔들다리를 건너야 했고, 고소공포증이 있는 나는 앞만 보며 간신히 걸음을 옮겼다. 다리가 흔들릴 때마다 내 멘탈도 흔들렸다. 동행들이 뒤에서 "앞만 봐, 괜찮아!"라며 끊임없이 격려해 주었다. 부부는 심리학자였는데, 그래서인지 늘 침착하고 사려 깊었다. 나는 그들과 걷는 내내 큰 보살핌을 받았다.

밤이 되자 기온은 빠르게 떨어졌다. 고산지대의 밤은 예상보다 훨씬 추웠다. 하지만 다음 날 아침, 롯지 앞에서 마주한 설산의 모습은 그 모든 불편함을 잊게 했다. 높고 웅장한 안나푸르나가 손에 닿을 듯 가까웠다.

이틀째는 촘롱에서 도반까지의 여정이었다. 산과 산을 오르락내리락하며 끝없는 계단을 오르내렸다. 트레킹을 하다 보면 짐을 나르는 귀여운 당나귀 무리를 하루에도 두세 번씩 만나게 되는데 성큼성큼 걷는 그들의 체력이 부러웠다. 트레킹은 고단했다. 그래도 걷는 내내 계곡에서 물소리가 들려와 마음을 맑게 했다.

그렇게 여덟 시간을 걸어 도반에 도착했을 때, 나는 심한 어지러움에 휩싸였다. 고산병이었다. 남미에서 겪었던 증상이 다시 찾아온 것이다. 나는 남들보다 고산병에 취약했고, 특히 걸을 때면 어지럼증이 심해서 컨디션이 더 악화될까봐 걱정스러웠다. 고산병은 체력과 상관없이 찾아온다지만, 생각보다 빠르게 증세가 나타나서 당황스러웠다.

셋째 날, 우리는 데우랄리를 지나 MBC(마차푸차레 베이스캠프)까지 오르기로 했다. 내 상태가 나빠지면 데우랄리에서 멈출 수도 있었지만, 다행히 크게 악화되진 않았다. 대신 걷는 속도를 조절했다. 다른 이들을 따라가기보다는 내 템포대로 천천히, 그러나 멈추지 않고 걸었다. 그게 답이었다. 한 시간 동안 걸어도 딱히 어지럼증이 생기지 않았다. 고개를 들어 바라본 풍경은 숨이 막힐 정도로 장엄했다. 물길 따라 흐르는 계곡, 구름 너머로 드러나는 설산. 시각과 청각이 동시에 포화되는 순간들이었다. 가쁜 숨을 몰아 쉬다가도 그 풍경을 바라보면 다시 발걸음을 내딛게 되는, 자연의 신비한 힘이었다.

하지만 비수기 트레킹에 대한 우려는 곧 현실이 되었다. 고도 3,400미터를 넘어서자 빙판길이 등장했고, 가늘게 내리던 비는 우박으로 바뀌기도 했다. 길은 미끄러웠고 옆은 절벽이었다. 긴장이 극에 달했을 때, 앞서 가던 부부의 남편이 되돌아와 우리를 기다려줬고, 다행히 모두 무사히 고도 3,900미터의 MBC에 도착했다.

신기하게도, 그날은 내 컨디션이 가장 멀쩡했다. 덕분에 나는 비온 뒤 맑게 개인 하늘 아래서 잊을 수 없는 광경을 보게 됐다. 설산으로 둘러싸인 롯지, 사방에 구름이 걷히고 석양이 안나푸르나를 붉게 물들이는 순간은 지금 떠올려도 가슴이 두근거린다. 우리는 그곳에서 마지막 남은 신라면 한 봉지를 끓여 나눠 먹었다. 한 젓가락씩 나누어 먹은 국물 한 모금이 그렇게 따뜻할 수 없었다.

넷째 날 새벽에 우리는 마침내 정상으로 향했다. 아이젠을 달고 빙판길을 걷고, 랜턴 불빛에 의지한 채 새벽 어둠을 뚫었다. 고작 300미터 남짓 오르는 길이었지만, 다섯 걸음마다 숨이 가빴고, 너무 힘들어서 중간중간 눈물을 훔치기도 했다. 그럴 때마다 앞서가던 동행이 돌아와 "괜찮아?"라고 물었다. 헬기가 지나가는 소리가 들리면 미운 마음도 삐죽 고개를 들었다. 헬기를 타고 15분 만에 산을 오르는 관광객이 그렇게 얄미울 수 없었다. 하지만 내 두 발로 걸어서 오르는 길은 분명히 다르다. 산의 냄새, 바람의 감촉, 자연의 소리를 몸으로 느끼며 올라왔기에 이 여정은 내게 의미가 컸다.

그리고 마침내, 히말라야 안나푸르나 베이스캠프 정상에 도착했다.

눈 덮인 봉우리, 끝없이 푸른 하늘이 거짓말처럼 펼쳐졌다. 말없이 서로를 바라보며, 우리는 그 순간을 가슴 깊이 새겼다. 나흘간의 고생과 추위, 두려움과 울음을 견뎌낸 끝에 마주한 풍경은, 말로는 다 담을 수 없을 만큼 장엄했다. 나는 내 한계를 시험했고, 자연 앞에 겸손해졌으며, 그 안에서 함께 걷는 이들과 나누는 따뜻함을 배웠다.

혼자였다면 불가능했을, 함께여서 가능했던 순간.

스물여덟, 그리고 2,000만 원

히말라야 트레킹을 마치고 인도로 돌아왔다. 거대한 자연 앞에서 느꼈던 평온함도 잠시, 나는 부지런히 도시를 옮겨 다니며 남은 비자 기간을 채워갔다. 기차와 버스를 갈아타며 낯선 풍경 속에 몸을 담그는 일은 어느새 익숙해졌다. 배낭여행자의 삶은 조금씩 생활이 되었지만, 동시에 현실적인 고민이 점점 커졌다. 바닥을 드러내는 여행 경비, 그리고 한국으로 돌아가 다시 사회에 복귀할 수 있을까 하는 재취업의 막연한 두려움이 마음 한구석을 짓눌렀다. 인도에서 머무는 동안 "내가 잘하고 있는 걸까?"라는 질문을 수없이 되뇌곤 했다.

그렇게 5개월이 흘렀고, 나는 삶의 중대한 기로에 서게 되었다. 여기서 멈추고 한국으로 돌아갈 것인가, 아니면 한 걸음 더 나아가 미지의 세계여행에 도전할 것인가. 마음속으로는 이미 답을 알고 있었다. 더 가보고 싶다는 갈증, 아직 보지 못한 세계에 대한 호기심이 내 안에 분명히 자리 잡고 있었다. 그러나 그 결심을 실행에 옮기기까지는 시간이 필요했다. 익숙한 일상을 버린다는 것, 그리고 안전망 없는 모험을 택한다는 것은 결코 가볍게 내릴 수 있는 선택이 아니었기 때문이다. 그래서 나는 현실적인 문제들을 하나씩 따져보기 시작했다.

첫 번째는 돈이었다. 여행을 계속하려면 자금이 필요했다. 통장을 확인하니, 적금을 제외하고 당장 쓸 수 있는 돈은 약 2,000만 원. 처음엔 금액이 크게 느껴지지 않았다. 하지만 동남아와 인도에서의 지출을 꼼꼼히 따져보니, 충분히 1년 가까이 버틸 수 있겠다는 계산이 나왔다. 당시 길 위에서 만났던 여행자들은 그보다 더 적은 돈으로도 자신만의 방식으로 즐겁게 살아가고 있었다. 허름한 숙소를 고집하고, 오래된 버스를 타고, 하루 두 끼만 먹으면서도 행복해 보였다. 그런 모습을 곁에서 지켜본 덕분에, 나도 충분히 가능하다고 느껴졌다.

두 번째는 재취업이었다. 당시 스물여덟 살이었던 나는 1년을 더 여행하면 서른이 되어 한국에 돌아가게 될 터였다. '경력 단절된 서른 살 신입' 이 타이틀이 주는 무게가 마음속에서 떠나질 않았다. 내가 다시 한국 사회로 돌아갔을 때 어떤 평가를 받을지 알 수 없었다. '공백이 긴 사람'이라는 꼬리표를 달고 다니게 될까 두려웠다. 하지만 동시에 이런 생각이 들었다. 지금 아니면 못 한다. 다시는 돌아오지 않을지도 모를 자유가 바로 눈앞에 있었다. 나는 서른 살이 되기 전 한국에 돌아가는 것보다, 지금 떠나지 않았을 때 남게 될 후회 가득한 얼굴이 더 두려웠다.

깊고 답이 보이지 않는 고민이었지만, 그럼에도 여행해야겠다는 결심은 천천히 그러나 분명하게 굳어졌다. 떠나야겠다. 이왕 시작한 여행, 끝까지 가 보고 싶었다. 더 넓은 세상과 더 깊은 나를 마주하고 싶었다. 그렇게 나는 '세계여행자'라는 새로운 타이틀을 조심스럽게 받아들였다. 여권 한 장과 배낭 하나로 어디든 갈 수 있다는 가능성은 나를 들뜨게 했고, 동시에 무겁게 만들었다. 세계여행자가 된다는 건 책임 없는 방랑이 아니라, 내 삶을 스스로 선택하고 책임지는 또 다른 이름이었기 때문이다.

결심보다 더 어려웠던 건 그다음이었다. 어디로 가야 할지 막막했다. 경로도, 기간도, 방식도 아무것도 정해지지 않은 자유로움은 처음엔 짜릿했지만, 막상 계획을 세우려니 오히려 아무것도 손에 잡히지 않아 답답했다. 그럼에도 이대로 멈춰 있을 수는 없었다. 무작정 비행기 검색창을 열었고, 가장 저렴한 항공권을 찾아보니 목적지가 오만이었다. 문득 미얀마 트레킹에서 만났던 오만 친구 압둘이 떠올랐다. "오만에 오면 내가 다 도와줄게!"라며 크게 웃던 그의 얼굴이 스쳤고, 나는 망설임 없이 메시지를 보냈다. "당장 와!"라는 답장이 도착하는 데는 10분도 채 걸리지 않았다. 그렇게 나의 다음 행선지가 결정되었다.

그러나 넘어야 할 산은 하나 더 있었다. 바로 부모님께 이 사실을 알리는 일이었다. 언제나 나를 걱정하던 부모님께 "세계여행하고 갈게요."라는 말을 꺼내는 건 쉽지 않았다. 결국 나는 단도직입적으로 "저 오만으로 갔다가, 세계여행 하려고요."라는 짧은 메시지를 보냈다.

예상대로 부모님의 반응은 냉담했고, 2주 동안 아무런 답장이 오지 않았다. 하지만 나는 포기하지 않았다. 내가 어디에 있는지, 무엇을 보고 있는지 사진과 함께 상세한 이동 계획을 꾸준히 보냈다. 그렇게 부모님의 마음이 조금씩 풀리기를 바랐다. 그리고 마침내 오만에서 조지아로 이동하겠다고 보냈을 때, 기다리던 답장이 도착했다. "몸 조심히 여행하고, 응원할게." 그 한 문장에 눈물이 핑 돌았다.

20대 초반의 어린 후배들이 "언니, 부모님은 어떻게 설득했어요?"라고 물어 올 때가 있다. 그럴 때마다 나는 정신적 독립과 경제적 독립이라는 두 가지를 이야기해 준다.

정신적 독립은 내 삶을 스스로 결정하고 그 결정에 책임지는 능력이다. 내가 무엇을 왜 하는지 부모님께 명확하게 설명하고, 그 설명을 통해 나의 선택을 신뢰하게 만드는 과정이었다. 우리 부모님은 시간이 걸렸지만 결국 나를 독립된 성인으로 인정해 주셨다. 쉽지 않은 과정이었지만, 그만큼 값진 경험이었다.

경제적 독립은 이 여행을 가능하게 한 현실적인 토대였다.

회사 생활과 프리랜서로 일하며 모은 2,000만 원은 누구의 허락도 필요 없이 내 선택을 가능하게 했다. 자유에는 책임이 따르고, 그 책임은 곧 내 선택의 힘이 된다. 돈이 많아서가 아니라, 내 손으로 모은 돈이었기에 더 단단한 기반이 되었다.

이 두 가지 기둥인 정신적, 경제적 독립이 모두 갖춰졌을 때, 나는 비로소 '진짜 나의 여행'을 시작할 수 있었다. 그것은 단순한 배낭여행이 아니라, 내 삶의 방향을 스스로 정한 첫 번째 경험이었다. 그리고 이 결심은 앞으로도 내 삶을 지탱해 줄 가장 강력한 기반이 될 것이다.

사막에서 배운 우정

오만에 도착하자마자 모든 것이 달라졌다. 인도에서 경험했던 소란과 혼란, 그 생동감과는 정반대의 고요함이 공항을 감싸고 있었다. 바닥은 유난히 반짝였고, 사람들의 발걸음마저 조용했다. 국제공항이라기엔 지나치게 평화로웠다. 나는 이국적인 정적 속에서 카메라를 꺼낼까 말까 망설였다. '이게 진짜 중동의 풍경일까?' 하는 의문이 생겨 오만이라는 나라를 검색하기 시작했다.

오만은 중동에서도 상대적으로 덜 알려진 나라다. 아랍에미리트나 요르단, 이스라엘처럼 관광 산업이 활발하지 않아 배낭여행자들의 루트에서 종종 제외된다. 하지만 오만

오만이 이렇게 안전한 국가일 줄은 오지 않고서는 몰랐을 것이다.

은 자국 문화에 대한 자부심이 강하고, 다른 아랍 국가들보다 친절하고 예의 바른 국민성을 지녔다고 했다. 이슬람 문화권이지만 분위기는 비교적 개방적이었고, 과거 해상 무역의 중심지로 다양한 문화를 흡수하면서도 고유한 정체성을 지켜온 역사도 있었다. 바다를 품은 이 나라는 수 세기 전부터 동아프리카, 인도, 페르시아와 활발히 교역했고, 특히 무스카트 항구는 한때 세계에서 가장 분주한 무역항이었다. 지금도 도시 곳곳에 포르투갈 식민지 시절의 흔적이 남아 있는데, 이런 역사적 배경이 오만 사람들의 포용적인 태도에 영향을 준 듯했다.

잠시 후, 미얀마에서 만났던 오만 친구 압둘이 도착했다. 흰색 디스타샤와 전통 모자를 갖춰 입은 그의 모습은 낯설지만 반가웠다. 미얀마에서는 평범한 트레킹 복장이었기에 그의 문화적 배경을 실감하지 못했지만, 이곳에서 보니 "그는 정말 이 나라 사람이구나"라는 생각이 강하게 들었다. 그는 자칭 백수라 했지만 BMW를 몰고 온 모습을 보고 오일머니의 위력을 조금은 체감할 수 있었다.

압둘은 수도 외곽의 사막 마을에 있는 자기 집 대신, 수도에 사는 친구 카할리드의 집으로 나를 안내했다. 압둘이 사는 곳은 보수적인 분위기라 외국인 여성을 데려가는 것이 흔치 않았고, 주민들의 시선도 낯설었기 때문이다. 우리가 도착한 수도의 집은 3층짜리 대저택이었고, 카할리드 가족은 손님용 방과 전용 화장실을 내어 주며 따뜻하게 맞아 주었다.

카할리드의 아버지는 공무원이었다. 한국 기준으로 보자면 중산층의 직업일 테지만, 오만에서는 사정이 달랐다. 석

보다시피 사막산에는 초록색이 하나도 없다.

유 자원이 풍부한 이 나라는 인구 대비 자원이 많고, 정부의 지원이 넉넉하다. 때문에 공무원 가정도 메이드를 두고, 대가족이 넉넉하게 살아가는 경우가 많다고 했다. 나는 그런 설명을 들으며, '부유함'이라는 개념이 지역과 문화에 따라 어떻게 달라질 수 있는지를 처음으로 체감했다.

일주일 동안 나는 카할리드 가족과 함께 지냈다. 막내 여동생 샤먼은 나를 유난히 잘 따랐고, 그의 어머니는 교사로서의 삶에 자부심을 가지고 계셨다. 나는 그동안 이슬람 문화 속 여성에 대해 일방적인 이미지를 가지고 있었다.

하지만 그 집의 여성들은 당당했고, 똑똑했으며, 사회에 나가 자신의 역할을 해내고 있었다. 히잡을 썼다고 해서 그들의 삶이 꼭 제약받는 건 아니었다.

매일 아침에는 어머니가 차려준 전통식 아침을 함께 먹었고, 점심 후에는 가족들과 차를 마시며 하루 일과를 나누었다. 샤먼은 아랍어 단어를 가르쳐 주었고, 누나는 한국의 화장법과 뷰티 브랜드에 관심을 보였다. 나는 낯선 외국인이라는 사실을 잊을 만큼 따뜻한 시간을 보냈고, 어느새 그 가족의 한 구성원처럼 느껴졌다.

며칠 후 우리는 오만의 옛 수도 니즈와로 짧은 여행을 떠났다. 성벽 도시처럼 고풍스러운 골목이 이어졌고, 기념품 가게마다 손으로 만든 반짝이는 보석함이 전시되어 있었다. 호기심이 생긴 나는 카할리드에게 물었다. "이 커다란 보석함들은 뭐야?" 그는 웃으며 답했다. "결혼할 때 남자가 여자에게 주는 거야. 금과 은, 보석을 가득 담아서. 보석함이 클수록 남자가 부유하다는 것을 의미하지." 단순한 혼수의 개념을 넘어서, 상대방에 대한 존중과 사랑, 그리고 자부심이 깃든 문화였다.

다음 날에는 사막 산으로 트레킹 캠핑을 떠났다. 히말라야를 걸은 뒤로 자연 속을 걷는 매력에 빠져 있던 나는 이번에도 설렘을 감출 수 없었다. 다만 오만의 여름은 40도를 웃돌았기에 우리는 새벽 4시에 출발했다. 울창한 숲도, 푸른 계곡도 없는 황량한 풍경은 처음엔 삭막하게만 보였다. 하지만 중턱에 올라서자 생각이 달라졌다. 발아래 펼쳐진 사막의 굴곡진 지형, 저 멀리 옹기종기 모여 있는 중동 전통 가옥들이 모자이크 타일처럼 보였다. 오직 흙과 돌만으로 이토록 강렬한 풍경을 만들어낸다는 사실이 놀라웠다.

마지막 계단 600개를 오르고 정상에 도착했을 때, 우리는 텐트를 설치하고 아침 식사를 준비했다. 카할리드는 과일과 과자, 전통 커피와 카드게임까지 챙겨왔고, 덕분에 정상에서 즐거운 시간을 보낼 수 있었다. 텐트 안 온도가 42도를 넘어서자 우리는 서둘러 하산했다. 땀에 젖은 몸으로 차에 오르며 서로를 바라보다가 웃음이 터졌고, 나는 문득 오만에 여행 오지 않았다면 이 웃음을 몰랐을 것이라는 생각이 들었다.

사막산 트레킹에서 내려올 때 나는 많이 지쳐 있었지만, 마음만큼은 이상하게 충만했다. 흙먼지 속에서도 생명력을 품은 이 땅에서, 나는 '있는 그대로의 자연'을 처음으로 온몸으로 받아들이고 있었다. 친구들과 함께한 그 시간은 단순한 산행을 넘어선 감정의 축적이었다. 땀과 먼지, 웃음과 침묵이 교차하는 순간들이 내 안에 쌓였다.

그 모든 시간이 하나로 이어져 내게 말을 걸었다. 여행은 나를 바꾸는 과정이라는 것을. 사소한 차이를 받아들이는 법, 내 안의 무지와 편견을 마주하는 법, 그리고 누군가의 삶을 존중하는 법을 조금씩 배워가고 있었다. 그것은 지도 위의 한 나라를 더 아는 일이 아니라, 사람을 이해하는 방식 자체를 익히는 일이었다.

나 역시 여행하다 보면 별별 질문을 다 받는다. "너네 나라 전쟁 중인데 위험하지 않아?"라고 아직도 묻는 사람이 꽤 많고, "한국인은 다 수학 천재잖아!"라든가 "너네 진짜 성형해야 취업할 수 있어?"처럼 미디어에만 의존해 선입견을 가진 사람들도 많다. 속상할 때가 한두 번이 아니다. 들을 때마다 기분이 나쁜 건 사실이지만, 대화를 나눠도 받아들일 마음이 없는 사람이라면 내 기분을 위해 그냥 웃어 넘긴다. 그러나 대부분의 사람들은 이야기를 나누면 받아들일 준비가 되어 있다. 나 역시 다양한 사람을 만나면서 대화를 이어가고, 그 과정에서 내 선입견도 그들의 선입견도 깨부술 수 있다는 사실을 여행을 통해 배웠다.

여행은 풍경을 보는 일이 아니다. 사람을 이해하는 일이다. 그들의 일상에 함께 앉아 밥을 먹고, 이야기를 나누며, 다름을 받아들이는 과정이다. 오만에서 나는 '시야가 넓어진다'는 말의 진짜 의미를 체감했다. 그리고 지금 나는 그 덕분에 더 넓은 세상과, 더 너그러운 마음과 이어져 있다.

여행도 때로는 권태롭다

배낭여행을 오래 하다 보면 누구나 한 번쯤 여행 권태기를 겪는다고들 한다. 흔히 3개월이나 6개월쯤 지나면 찾아온다는 이 감정은 짐을 싸고 숙소를 옮기며 새로운 도시로 가는 반복적인 삶 속에서 자연스레 쌓이는 피로에서 비롯된다. 나 역시 세계여행을 다니는 동안 여러 차례 권태기를 겪었다. 동남아시아 삼 개월, 인도와 네팔, 그리고 오만까지 6개월 가까운 여정을 이어오던 중, 마음 한편에서 '조금 쉬고 싶다'는 생각이 들었다.

특히 인도에서 받은 감정적 진폭이 컸다. 인도는 놀랍고도 지치게 하는 나라였다. 매일 예상치 못한 상황이 벌어졌고, 긴장을 늦출 수 없어서 지쳐갔다. 오만에서는 친구 집에서 잠시 숨을 돌릴 수 있었지만, 인도에서는 몸이 무겁고 기운이 나지 않는 걸 느끼며 '이제 정말 쉬어야겠다'고 결심했다. 한 달 정도 조용히 머물 수 있는 곳을 찾다가, 낯선 이름의 나라, 조지아가 눈에 들어왔다.

조지아는 유럽과 아시아의 경계에 위치한 코카서스 3국 중 하나로, 유럽 여행자들 사이에서는 물가가 저렴하고 자연경관이 아름답기로 유명했다. 나는 수도 트빌리시에서 한 달 살기를 결심하고 월세 30만 원짜리 투룸 아파트를 구했다. 오래된 구소련식 아파트라 입구는 다소 으스스했지만, 내부는 깔끔하고 아늑했다. 거실과 연결된 작은 테라스에서는 도시 너머로 붉게 물드는 노을이 펼쳐졌고, 나는 매일 저녁 그곳에서 차를 마시며 여유를 만끽했다.

첫 주는 아무것도 하지 않았다. 가까운 마트에서 체리와 채소, 삼겹살을 사 와 요리해 먹고, 조지아산 와인 한 병으로 스스로에게 축배를 들었다. 와인의 기원지라 불리는 나라답게 사람들은 누구나 직접 담근 와인을 가지고 있을 정도로 와인에 대한 자부심이 강했다. 생활 공간이 생기니

쇼핑 욕구도 되살아났다. 시내에 나가 옷을 사 입고, 현지 마켓에서 배추를 사 김치를 담그기도 했다. 여행이 아니라 마치 살고 있는 것 같은 기분이 들었다.

둘째 주에는 우연히 조지아에 사는 한국인, 애나 언니를 만났다. 디지털 노마드로 일하며 세계를 돌아다니는 그녀의 삶은 신선한 충격이었다. 앱 개발자이자 사업가로서 반년은 해외에서, 반년은 한국에서 일한다는 그녀의 이야기를 들으며 '나도 저렇게 살 수 있지 않을까?' 하는 생각이 들었다. 인간관계에 소극적인 나였지만, 조지아에서의 짧은 만남은 오래도록 이어지는 특별한 인연이 되었다.

셋째 주부터는 다시 조금씩 밖으로 나갔다. 트빌리시 시내를 걸으며 카페와 골목을 탐험했고, 근교 도시 므츠헤타에서는 고즈넉한 성당들을 둘러보았다. 북쪽의 카즈베기에서는 멋진 설산과 고산지대를 오르내리며 자연과 가까워졌다. 처음에는 무뚝뚝해 보였던 조지아 사람들은 안면이 트이자 따뜻하고 정이 넘쳤다. 그 낯선 따뜻함은 한국의 '정'과 비슷한 무언가를 느끼게 했다.

일상의 소중함을 다시 배워 가는 시간.

그리고 마지막 주에는 국경을 넘어 아제르바이잔에 다녀왔다. 코카서스 3국 중 하나로 이슬람 문화가 뚜렷한 나라였다. 수도 바쿠는 조지아와는 또 다른 매력을 지니고 있었다. 다시 조지아로 돌아와 짐을 싸기 전에는 아르메니아까지 짧은 일정으로 다녀올 수 있었다. 국경에서 세반 호수가 보일 때 버스 기사가 자발적으로 차를 세워 경치를 구경하게 해 준 순간은 정말 인상적이었다.

처음 트빌리시에 도착했을 때, 도시의 풍경은 마치 오래된 영화 세트장 같았다. 구불구불한 돌길과 붉은 지붕의 낡은 건물들, 느릿한 걸음의 사람들이 도시 전체의 시간을 느리게 흘려보내고 있었다. 나는 이 조용한 리듬에 자연스레 맞춰갔다. 매일 아침 일어나 테라스에서 차를 마시고, 낮에는 마트에 다녀오고, 저녁에는 와인 한 잔에 책을 읽으며 하루를 마무리했다. 하루는 동네 빵집 아주머니와 눈인사를 나눈 것이 인연이 되어, 다음 날 그녀가 구운 빵을 선물받기도 했다. 말은 통하지 않았지만, 눈빛과 미소만으로도 충분한 따뜻함을 주고받았다. 그 순간 '살아 본다'는 것의 진정한 가치를 깨닫게 되었다. 여행지의 명소를 돌아다니는 것이 아닌, 그곳의 사람들과 숨결을 나누며 느린 속도로 관계를 맺는 일이야말로 여행자의 또 다른 특권일 것이다.

한 달이 흐르자 나는 이 도시와 정이 들어버렸다. 거리의 벽화도, 매일 지나던 커피숍도, 친숙한 슈퍼마켓 계산원도 친근해진 나머지 떠나는 날은 아침부터 마음 한구석이 허전할 정도였다. 하지만 이 허전함이 부정적이기만 한 건 아니었다. 내가 충분히 이곳에 머물며 정을 붙이고 살았다는 증거이기 때문이다. 내가 머물렀던 조지아의 한 도시는 나에게 쉼 이상의 가치를 안겨주었고 그래서 특별해졌다. 마음이 지쳐갈 때 다시 돌아오고 싶은 곳, 그런 장소가 생겼다는 것만으로도 이번 여정은 의미 있었다.

조용한 테라스에 앉아 마지막 노을을 바라보며 다짐했다. 다시 배낭을 메고 떠날 준비가 되었다고. 여행은 장소가 아니라 시선이며, 삶을 확장하는 방식이라는 것을. 나는 또 한 걸음, 다음 여정을 향해 나아가고 있었다.

매일 새로운 나라를 만나는 여행

많은 사람들이 유럽 여행을 꿈꾼다지만, 나의 긴 여행 중 가장 기억이 희미한 구간은 아이러니하게도 이번에 이야기할 동유럽 여행이다. 시작은 시베리아 횡단열차에서 내려 상트페테르부르크에서 핀란드행 버스를 타는 것부터였다. 그리고 물가가 비싼 핀란드를 떠나 에스토니아, 라트비아, 리투아니아로 이어지는 발틱 3국을 여행했다. 우리가 흔히 동유럽을 생각할 때 체코와 오스트리아를 떠올리지만, 사실 동유럽은 발칸 반도와 발틱 3국도 포함한다.

이 지역에는 수많은 나라가 밀집해 있다. 그중에서도 리투아니아는 내게 특별했다. 발트 해 연안의 작은 나라지만 한때는 유럽에서 가장 큰 영토를 가졌던 나라, 소련에 속했다가 1990년에 독립한 역사를 지닌 곳이다. 그런데도 내 기억 속에서 리투아니아는 정치나 역사가 아닌, '케이팝 소녀'와 연결된다. 카우치서핑으로 머물게 된 한 집의 딸, 아오스테가 나를 초대한 덕분이었다. 버스 터미널에 마중 나온 그녀의 가족은 수도가 아닌 근교 작은 마을에 살고 있었다.

케이팝을 좋아하는 첫째 딸 아오스테와 그녀의 어린 여동생, 남동생이 함께 사는 집은 자연에 둘러싸여 있었다. 앞마당에는 그네와 트램펄린이 있었고, 내가 묵은 곳은 2층 끝방, 아오스테의 방이었다. 네 식구와 함께한 며칠은 영화 속 한 장면 같았다. 특히 내가 좋아하던 영화 〈플립〉을 떠올리게 하는 분위기였다.

아오스테와 함께 자전거를 타고 마을을 돌고, 버스를 타고 시내에 나가 리투아니아의 모습을 구경했다. 저녁이면 부모님이 차려주신 음식을 가족과 함께 나눴다. 머무는 동안 현지 영화관에서 BTS 영화가 상영되었는데, 케이팝 팬들이 굿즈를 들고 영화관 앞에서 노래를 부르고 춤을 추며 축제를 즐겼다. 영화가 끝나자 아오스테는 눈가에 눈물이 맺힐 만큼 벅찬 표정을 지었다. 그녀는 내 세계여행 이야기에 큰 관심을 보였고, 그 경험이 훗날 그녀의 꿈이 되었다. 성인이 되자마자 정말로 여행을 시작한 아오스테는 지금도 가끔 메시지를 보내 자신의 여정을 들려준다.

발트 3국을 여행하며 나는 유럽의 또 다른 얼굴을 보았다. 에스토니아는 고요하고 정돈된 분위기였고, 라트비아는 도시와 자연이 조화를 이루는 나라였다. 리투아니아에 도착했을 때는 오래된 유럽 동화 속 마을에 들어온 듯한 인상을 받았다. 마트에서 과일을 고르고, 마을 도서관 앞 벤치에 앉아 책을 읽던 순간이 지금도 잔잔히 떠오른다. 그 작은 나라에서의 며칠은 내 여행의 속도를 늦춰 주었고, 사람을 향한 열린 마음을 다시 느끼게 해 주었다.

코소보에 도착했을 때는 알 수 없는 긴장감이 먼저 다가왔다. 아직 많은 나라에서 국가로 인정하지 않는 땅이지만, 거리에서 마주친 사람들은 평범하게 하루를 살아가고 있었다. 클린턴 동상이 세워진 거리 앞에 멈춰 서서 오래 바라보았다. 정치나 외교적 이해관계를 떠나, 이들에게 독립

세반 호수의 물은 물감 탄 듯한 옥빛이었다.

은 얼마나 절박하고 간절했을지 생각하게 되었다. 교과서에서는 접할 수 없는, 지금을 사는 사람들의 현실을 여행 속에서 마주하고 있었다.

발칸 반도의 여러 나라는 지리적으로 가깝고, 언어와 음식, 분위기까지 비슷해 마치 같은 나라를 여러 번 여행하는 듯한 기분이 들기도 했다. 하루이틀 지나면서 새로운 자극이 줄어들자, 마음도 조금씩 지루함에 젖었다. 결국 발칸 일정을 서둘러 마무리하고 오스트리아를 거쳐 독일로 향했다.

독일에서의 옥토버페스트는 축제 이상의 경험이었다. 하루는 호스트와 함께 맥주 텐트로 향했다. 텐트 안은 전통 독일 복장인 디어렌드를 입고, 맥주를 마시는 사람들로 꽉 차 있었다. 입구에 들어서자 거대한 맥주잔을 든 사람들, 축제 음악, 그리고 사람들의 웃음소리가 한데 어우러져 마치 영화 세트장에 들어선 듯한 기분이었다. 맥주를 주문하면 잔보다는 양동이처럼 보이는 거대한 유리잔이 나왔다. 사람들은 모두 친구였고, 이방인인 나에게도 자연스럽게 말을 걸며 함께 노래를 부르고 건배를 외쳤다. 나는 그곳에서, 낯선 곳에서도 누군가의 친구가 될 수 있다는 희망을 보았다.

그렇게 수많은 도시를 지나며 나는 내 여행의 방향에 대해 스스로 묻게 되었다. 사람들은 흔히 유럽을 낭만이라 말하지만, 내게는 비슷한 건축물과 유사한 도시 풍경 속에서 특별함을 찾기 어려웠다. 어쩌면 나는 예측 가능한 도시보다, 예측 불가능한 사람과 사건에 더 끌리는 사람일지도 모른다. 도시보다 사람, 명소보다 대화, 계획보다 우연이 나를 움직였다. 그렇게 나는 점점 내가 좋아하는 여행의 방식과 취향을 알아갔다.

독일에서 쿠바행 비행기 티켓을 결제하기 전, 오랫동안 화면을 바라보며 고민했다. 유럽이라는 땅에서 충분히 머물렀고, 그만큼 나 자신에 대해 많은 질문을 던질 수 있었다. 하지만 다시금 새로운 자극이 필요했다. 열정적이고 혼란스럽지만 생생한 중남미. 그 대륙은 언젠가 꼭 다시 가고 싶은 장소였고, 지금이 그때라는 생각이 들었다. 표를 결제한 순간, 손끝이 떨렸다. 여행이 다시 시작된다는 실감과 함께, 마음속 깊은 곳에서부터 설렘이 피어올랐다.

나는 다시 배낭을 정리했다. 낡아진 신발끈을 묶으며, 또 하나의 새로운 장이 시작된다는 사실에 감사를 느꼈다. 유럽은 나에게 정제된 미와 반복의 아름다움을 알려 주었고, 나는 그 안에서 나만의 여행 취향을 더욱 분명히 만들어 나갔다. 다음 행선지는 쿠바, 그리고 그 너머의 남미다. 이제 다시 나만의 속도로, 나만의 방식으로, 여정을 이어갈 시간이었다.

시간이 멈춘 듯한 쿠바에서

쿠바 여행의 시작은 충동적인 항공권 구매로부터 시작되었다. 출발 하루 전에서야 목적지를 제대로 찾아보기 시작했지만, 그때까지 쿠바에 대해 아는 건 체 게바라와 몇몇 야구 선수들뿐이었다. 어쩌면 이 무지한 출발이 오히려 마음에 여유를 만들어, 더 많은 것을 받아들일 수 있게 했는지도 모른다. 그렇게 가벼운 설렘과 기대를 안고 비행기에 올랐다.

출국 직전에야 알게 된 사실 하나가 눈에 띄었다. 쿠바에서는 인터넷 사용이 제한된다는 것이다. 유심칩도, 로밍도 없었고, 대신 시내 공원이나 일부 호텔 로비에서만 쓸 수 있는 1시간짜리 인터넷 카드가 있었다. 여행자들은 자연스레 온라인 대신 서로의 입을 통해 정보를 나눴고, 스마트폰 대신 노트를 꺼내 일정을 기록했다. 가이드북도 필수였다. 불편했지만, 차단된 정보만큼 감각이 되살아났다. 길을 헤매는 일마저 경험이 되는 곳, 그게 쿠바였다.

공항에 도착하자마자 첫 번째 시험이 기다리고 있었다. 입국 심사에서 세 명의 직원이 나를 따로 불러 세운 것이다. "한국인이 맞느냐."라는 질문으로 시작해 여행 경로, 현금 소지액, 심지어 직접 루트를 종이에 적어 달라는 요구까지 이어졌다. 나는 미소를 잃지 않으려 애쓰며 질문에 차근차근 대답했고, 30분 가까운 조사 끝에 무사히 도장을 받아 냈다. 그러나 왜 내게 그랬는지 그 이유는 끝내 알 수 없었다. 다만 쿠바와 북한의 외교 관계가 작용했을 거라 짐작할 뿐이었다. 여행은 낯선 문을 열고, 새로운 규칙의 세계로 들어가는 일이다. 그 문턱을 넘는 순간 우리는 익숙함을 벗어나야 한다.

첫 행선지는 휴양지 바라데로였다. 저렴한 올인클루시브 호텔 덕분에 부담 없이 묵을 수 있었고, 모든 식사와 음료

길거리에서도 흥이 넘치는 쿠바!

가 포함된 시스템은 여행의 긴장을 잠시 내려 놓게 만들었다. 인터넷은 호텔 로비에서만 사용 가능했지만, 그마저도 드문드문 연결되는 덕에 핸드폰을 멀리하고 책을 읽거나 수영장 옆 의자에 누워 사람들을 구경하는 시간이 많아졌다. 혼자였지만 이상하게도 외롭지 않았다. 시끄러운 도시도, 알람도 없는 휴식 속에서 나는 내 호흡에 귀 기울이기 시작했다. 오랜만에 진짜 '쉼'이라는 걸 배우고 있었다.

충분히 쉰 후에는 하바나로 향했다. 사전 예약을 하지 못한 탓에 버스 터미널에서 노쇼를 기다리며 긴 줄에 서야 했는데, 기적처럼 단 한 자리 남은 버스에 오를 수 있었다. 혼자 여행한다는 건 곧 나만의 몫이 보장된다는 뜻이었다. 그 자유로움 덕에 피곤한 이동조차 즐거웠다.

하바나는 바라데로와는 전혀 다른 얼굴을 하고 있었다. 도시 전체가 시간이 멈춘 듯한 느낌. 알록달록하게 칠해진 낡은 건물들과 클래식 자동차, 거리의 음악과 여유로운 사람들의 표정이 한 폭의 그림처럼 다가왔다. 정보가 부족한 만큼 배낭여행자들은 자연스럽게 한 숙소에 모이게 되었고, 그곳에서는 태극기 아래 아날로그 공책이 돌아다녔다. 숙소에 묵은 여행자들이 다음 사람들을 위해 남겨 놓은 정보 노트. 나는 그 노트를 따라 도시를 탐험하며, 이름도 얼굴도 모르지만 나와 같은 길을 걸은 이들의 흔적을 따라갔다. 글로 남겨진 타인의 조언은 얼굴 없는 친절이었으며, 페이지마다 따뜻한 응원이 묻어 있었다.

산타클라라에서는 에어비앤비로 숙소를 구했는데, 호스트의 딸이 케이팝 팬이었다. 쿠바에서도 BTS 열풍이 불고 있다는 사실에 놀랐고, 그 덕분에 호스트 가족과도 빠르게 가까워질 수 있었다. 쿠바에서는 외부 문화가 제한적이지만, 암시장에서 구입한 음반이나 영상으로 사람들은 문을 두드리고 있었다. 그 모습이 인상 깊었다. 각자의 방식으로 세상과 연결되려는 의지는 경계를 넘고, 문화는 결국 사람의 손에서 사람에게로 전달된다.

쿠바의 마트는 한국의 것과는 전혀 달랐다. 물이나 생필품 정도만 판매되었고, 신선한 식재료는 거의 볼 수 없었다. 나는 호스트에게 왜 과일을 파는 곳이 없는지 물었다. 그는 조용히 정부에서 나눠 주는 배급 카드를 꺼내 보이며, 한 달에 한 번 정해진 품목만 구입할 수 있다고 설명했다. 그 카드는 가족 구성원 수에 따라 지급되며, 쌀, 계란, 소금, 커피 같은 생필품이 포함되어 있었다. 또 노숙자가 없는 이유에 대해서도 들을 수 있었는데, 모든 국민에게 주택을 배정하고 있다는 것이다. 단, 다른 지역으로 이주하는 건 매우 제한적이라고 했다. 자본주의가 놓치는 '최소한의 삶'을 지켜주는 방식이자 동시에 자유로운 선택의 폭을 제약하는 방식의 현실이었다. 쿠바는 그런 딜레마 속에서 조용히 존재하고 있었다.

이런 시스템은 불편함을 넘어서 신기했다. 같은 지구에 살고 있지만 너무도 다른 삶의 방식이 존재한다는 것을 체감했다. 우리는 자유를 말하지만 때로는 그 자유 안에서 더 혼란스러운 삶을 살고 있는지도 모른다. 반면에 쿠바 사람들은 따뜻하고 여유로웠다. 거리에는 늘 음악이 흐르고, 누구나 낯선 이에게 먼저 인사를 건넸다. 나 역시 어느 순간 그들처럼 매일 해가 지는 시간에 거리에 앉아 바람을 맞고, 옆 사람과 두어 마디 말을 주고받는 걸 당연하게 여기고 있었다. 낯선 땅에서 느끼는 이 편안함은 무엇일까. 익숙한 것이 사라졌을 때, 우리는 더 본질에 가까워지는지도 모른다.

하루는 우연히 들어간 작은 바에서 기타 소리에 맞춰 사람들이 하나둘 어깨를 들썩이고, 곧이어 모두가 노래를 따라 부르기 시작했다. 언어는 통하지 않았지만, 그 노래의 멜로디가 내 마음까지 흔드는 기분이 들었다. 그날 밤, 나는 쿠바에서 처음으로 춤을 췄고, 낯선 도시가 잠시 고향처럼 느껴졌다. 사람들 사이로 흘러가는 리듬이 나를 감쌌고, 나는 아무도 모르게 그 안에 젖어들었다. 헤밍웨이가 이곳에서 《노인과 바다》를 쓴 이유를 조금은 알 것 같았다. 바다

와 어부, 고요와 투쟁이 공존하는 풍경은 누구라도 글을
쓰고 싶게 만드는 배경이었다. 해질녘 바닷가에 앉아 노트
북도 없이 손글씨로 몇 줄을 적으며, 나는 내 마음이 천천
히 열리는 걸 느꼈다. 바다는 아무 말도 하지 않았지만, 그
자리에 가만히 머무는 것만으로도 위로가 되었다.

쿠바에서의 시간은 분명히 달랐다. 인터넷도, 소셜미디어
도, 빠른 길도 없는 그곳에서 나는 오히려 더 많은 이야기
를 들었고, 더 깊이 사람을 만났으며, 더 오래 나를 들여다
보았다. 여행이 끝난 뒤에도 쿠바를 떠올리면 마음 한쪽이
따뜻해진다. 쿠바는 내게 가장 낯선 나라였지만, 동시에 가
장 많은 감정을 준 나라였다. 그리고 그 느린 시간 속에서,
나는 다시 앞으로 걸어갈 에너지를 얻을 수 있었다.

지금도 종종 그때를 떠올린다. 느림이 나를 다시 나답게
만들어줬던 시간 말이다. 그러면 그곳의 따뜻한 바람과 낮
게 흐르던 리듬이 내 안에서 천천히 다시 시작되는 여행의
박자를 알려 주곤 한다.

버드모이 in 쿠바!
그리고 헤밍웨이가 매일 찾았다던 그 자리에서 한 모금.

Cuba 쿠바

죽음을 슬프게만
받아들이지 않는 사람들

쿠바에서의 느릿한 시간을 뒤로하고, 나는 멕시코로 향했다. '죽은 자의 날(Día de los Muertos)'이라는 독특한 축제 때문에 무척 기대됐다. 이 축제는 단지 멕시코의 대표 문화 행사일 뿐 아니라, 죽음을 바라보는 전혀 다른 시각을 보여주는 상징이기도 했다. 디즈니 애니메이션 〈코코〉를 통해 전 세계에 널리 알려졌지만, 실상 현장에서 마주한 그 축제는 상상 이상의 에너지와 감동으로 가득했다.

죽은 자의 날은 매년 11월 1일과 2일, 멕시코 전역에서 벌어지는 대규모 추모 행사다. 한국의 제사와 비슷한 듯하지만 분위기는 정반대였다. 죽음을 애도하거나 침묵으로 마주하는 대신, 이곳 사람들은 화려한 분장과 음악, 음식, 웃음과 이야기로 죽음을 기념한다. 마치 오래전 떠난 이들이 다시 집으로 돌아오는 날을 환영하듯, 멕시코 사람들은 도시 곳곳에 '아프렌다(제단)'를 차리고 고인을 위한 선물을 준비한다. 사진, 양초, 꽃, 생전에 좋아했던 음식과 술까지. 정성스럽게 꾸며진 제단 앞에서 사람들은 환하게 웃으며 돌아온 영혼들을 맞이한다.

나는 멕시코시티 중심가에 위치한 한 호스텔에 머물렀고, 마침 전 세계에서 몰려든 여행자들로 북적였다. 모두가 같은 축제를 보기 위해 이곳을 찾았고, 숙소는 다양한 언어가 오가는 하나의 작은 세계처럼 느껴졌다. 축제 당일, 새로 사귄 친구들과 함께 길거리로 나섰다. 페이스 페인팅을 받은 얼굴엔 해골 무늬가 그려졌다. 낯선 얼굴들이었지만, 우리 모두는 이 축제를 함께 즐기기 위한 동료였다.

퍼레이드는 멕시코인들의 문화적 자긍심이 고스란히 느껴지는 대규모 퍼포먼스였다. 수십 개의 단체가 참가해 예술적인 의상과 분장을 선보였고, 전통 음악과 춤은 보는 이의 마음을 흔들었다. 단순한 축제를 넘어선, 삶과 죽음에

죽은 이들이 일 년에 한 번 세상에 내려오는 날.
가족, 친구들은 망자가 좋아하는 음식을 만들고 망자가 올 수 있도록 꽃길을 놓는다.

대한 이들의 철학이 담긴 의식처럼 느껴졌다. 거리의 분위기는 뜨겁고, 사람들은 마치 하나가 된 것처럼 리듬에 몸을 맡겼다.

퍼레이드가 끝난 뒤에는 멕시코시티의 상징적 장소인 소깔로 광장으로 향했다. 이곳은 과거 아즈텍 제국의 심장부였고, 지금은 멕시코 현대 문화의 중심지다. 광장 한가운데에는 거대한 해골 조형물과 형형색색의 꽃장식들이 설치되어 있었다. 마치 온 도시가 한 편의 작품처럼 꾸며져 있었고, 나 역시 그 안에 들어온 한 조각이 된 듯한 기분이 들었다.

해가 지자 광장은 더욱 활기를 띠기 시작했다. 거리마다 라이브 음악이 흘러나오고, 퍼레이드를 마친 사람들은 각자의 방식으로 축제를 이어갔다. 어느 펍에서는 밴드가 생음악을 연주하고, 바깥 테이블에서는 사람들이 술잔을 부딪치며 노래를 따라 불렀다. 낯선 도시에서 맞는 이런 열기 어린 밤은 묘한 흥분과 따스함을 동시에 안겨준다. 그 열기 속에서, 나는 죽음조차 하나의 축제로 승화시키는 이 문화에 깊이 감탄했다.

다음 목적지는 애니메이션 〈코코〉의 시각적 배경이 된 도시, 과나후아토였다. 멕시코 중부에 위치한 이 도시는 유네스코 세계문화유산으로 지정될 만큼 아름답고 역사적인 공간이다. 좁은 골목길과 계단, 다채로운 색감의 건물들이 층층이 이어진 분지 형태의 도시는 마치 동화 속에 들어온 듯한 착각을 불러일으켰다. 과거의 흔적과 현재의 생기가 공존하는 이곳에서, 나는 멕시코가 가진 매력을 다시금 발견했다.

거리를 걷다 보면 어디선가 바이올린과 트럼펫 소리가 들려온다. 전통 마리아치 밴드들이 연주하는 음악은 도시의 골목골목에 생기를 불어넣고, 관광객은 물론 현지인들조차도 발걸음을 멈춰 그 연주를 감상한다. 음악은 공간을 넘어 감정을 연결시키는 가장 좋은 언어라는 생각이 들었다. 나는 거리 한쪽 벤치에 앉아 연주를 듣고, 그 순간을 사진이 아닌 마음속에 기록해 두었다.

사실 과나후아토는 내가 1년 전에 한 번 다녀간 도시였다. 그때의 여운이 너무 깊이 남아 다시 찾은 것이다. 다시 온 과나후아토는 여전히 따뜻했고, 익숙하면서도 또 다른 모습으로 나를 반겨주었다. 그런데 숙소에서 조식을 먹다가 창밖 노란 벽면에 새겨진 '단데르'라는 한글 낙서를 발견했다. 한번 눈에 보이자 이상하게도 도시 곳곳에서 이 낙서가 눈에 띄었다. 벽에도, 나무 뒤에도, 심지어 소화기에도. 단어 하나가 도시에 번져 있었다. 세어 보니 무려 100개가 넘었다.

이 미스터리가 궁금해서 여기저기 물어보기 시작했다. 마지막으로 숙소 호스트에게 물어보니, '단데르'는 그의 친구 이름이라는 것을 알 수 있었다. 예전에 어떤 한국인이 단데르에게 이름을 한글로 써주는 법을 알려줬고, 그는 너무 재미있어 하며 자신의 이름을 여기저기 쓰기 시작했다는 것이다. 나름의 흔적을 남기고 싶었던 그의 순수한 장난이 도시의 미스터리가 되어 재밌는 추억을 만들어 주었다. 정체를 알게 된 후, 나는 그 낙서들이 정겹게 느껴졌고, 한글이라는 문자가 이 낯선 도시와 작은 인연을 맺고 있다는 사실이 기분 좋게 다가왔다.

단데르의 미스터리를 풀고 난 뒤, 나는 도시의 꼭대기로 향했다. 분지 형태의 과나후아토는 위에서 내려다보는 풍경이 압권이다. 해 질 무렵, 노을이 도시에 물들기 시작하고 건물들은 주황빛과 붉은빛으로 물들었다. 그 아래엔 오늘 하루의 추억들이 조용히 내려앉았다. 붉게 타오르던 하늘 아래, 도시의 불빛이 하나둘 켜지고 있었다. 그렇게 밤이 되자 또 다른 과나후아토가 모습을 드러냈다. 고요한 성당과 조용한 골목길, 그 안에서 울려 퍼지는 마리아치의 연주는 로맨틱함을 넘어 이 도시가 지닌 감정의 결을 그대로 보여 주고 있었다. 낮보다 깊은 분위기 속에서, 나는 그

음악과 빛에 나도 모르게 빠져들었다. 다시 떠나기 아쉬운 마음이 점점 커졌다.

지금껏 다닌 수많은 나라 중, 멕시코만큼 따뜻한 감정을 많이 느끼게 한 나라는 없었다. 멕시코 사람들은 웃음과 친절, 유쾌함으로 나를 반겼고, 그들의 생활방식은 나에게 많은 생각을 안겨주었다. 죽음을 슬프게만 바라보지 않는 이들처럼, 삶을 받아들이는 방식에도 여유와 기쁨이 있었다. 단순히 여행지로서가 아니라, 하나의 문화, 삶의 방식, 그리고 정서적인 울림이 있는 곳이, 바로 나의 멕시코다.

그날 밤, 나는 과나후아토의 언덕 위에서 마지막 야경을 바라보며 스스로에게 물었다. 이렇게 매혹적인 나라를 여행만 하고 떠나는 게 과연 맞는 일일까? 이곳에서 살아보고 싶다는 생각이 마음속에서 조용히 피어올랐다.

배낭을 내려놓은 곳,
산크리스토발

멕시코를 떠나기 아쉬워진 나는 마침내 멕시코에서 살아 보기로 결심했다. 여행을 하다 보면 대륙마다 여행자들의 블랙홀이라고 불리는 도시가 있다. 인도의 바라나시, 이집트의 다합처럼. 멕시코의 치아파스 주에 위치한 소도시 산크리스토발도 그런 곳이었다. 배낭여행자들의 블랙홀이자 편안한 안식처. 멕시코에서 가장 물가가 저렴한 지역 중 하나로, 과테말라로 넘어가는 길목에 위치해 있어 자연스레 많은 여행자들이 이곳에 머문다. 고요하고 평화로운 마을 분위기 덕분에 여행에 지친 사람들에게 잠시 숨을 고르기에 더없이 좋은 곳이다.

나는 산크리스토발에서 한 달 살기를 결심했고, 우연히 한 인 민박집 '미까사 뚜까사'를 발견했다. 스페인어로 '내 집 은 너의 집'이라는 뜻. 남미 여행 중 인연을 맺은 세 명의 한국인이 함께 운영하는 곳이었다. 연인이 되어 부부가 된 이와 친구 한 명이 함께 공간을 꾸려가고 있었고, 아침마 다 한식이 제공된다는 점이 특히 매력적이었다. 조지아 이 후 한국인을 만날 일이 드물었던 터라, 외로움을 달래기에 더할 나위 없었다.

민박집에는 다양한 여행자가 머물렀다. 몇 달째 이곳에 정 착한 이들도 있었고, 지나가는 길에 잠시 들른 여행자들도 있었다. 심지어 산크리스토발 마을 어딘가에 집을 구해 사 는 이들도 있었고, 민박집은 이들의 커뮤니티 역할을 했 다. 스페인어를 배우거나, 심심할 땐 서로 놀러 오기도 하 고, 저녁엔 다 함께 식사를 하기도 했다. 나 역시 이곳에서 많은 인연을 만났다.

가장 기억에 남는 친구는 '타코'라는 별명을 가진 청년이었 다. 타코를 너무 좋아해 스스로 그렇게 불리길 원했다. 아 일랜드에서 워킹홀리데이로 일했고, 그렇게 번 돈으로 중

남미를 여행하던 그는 결국 산크리스토발의 매력에 사로
잡혀 장기 투숙자가 되었다. 언젠가 한국에 돌아가 타코
가게를 열고 싶다던 그는, 실제로 귀국 후 다시 멕시코를
방문해 미식 기행을 하고, 결국 망원동에 작은 가게를 열
었다. 꿈을 향해 묵묵히 나아가는 모습이 인상 깊었다.

어느 날은, 70대 한국인 부부가 직접 운전하며 국경을 넘
어 민박집에 도착했다. 한국에서 배편으로 차를 보내 중남
미를 여행 중이었고, 그 용기와 에너지에 나는 깊이 감탄
했다. 흰 머리를 질끈 묶고 라틴아메리카 도로를 달리는
그들의 모습은 오랫동안 기억에 남았다. 또 다른 날엔 대
학생 친구와 과테말라 화산 트레킹을 다녀오기도 했고, 스
페인어 공부를 위해 이곳에 머문 친구들과도 많은 시간을
보냈다.

한 달 살기는 나에게 쉼을 넘어선 시간이기도 했다. 멕시
코를 시작으로 라틴아메리카를 여행할 예정이었기에, 이
번엔 스페인어를 꼭 배우고 싶었다. 지난 여행에서는 말이
통하지 않아 답답했던 기억이 컸기에, 이번에는 준비된 여
행자가 되고 싶었다. 산크리스토발엔 스페인어 어학원이

여럿 있었고, 나는 1:1 수업을 선택했다. 시간당 6천 원이라는 저렴한 가격에, 동갑내기 스페인어 강사 '야스벡'에게 수업을 받았다. 야망 있는 친구였고, 그 덕분에 배움의 동기도 커졌다. 영어로 배우는 스페인어 수업은 벅찼지만, 한 달 동안 기초 문법과 여행에 필요한 회화를 익힌 덕분에 이후의 여정은 훨씬 풍성해졌다. 때론 야스벡이 멕시코식 농담을 건네고, 내가 그 의미를 알아채지 못해 어리둥절한 표정을 지으면 서로 웃음을 터뜨리곤 했다. 언어는 마음을 나누는 방식이라는 것을, 그를 통해 배웠다.

저녁이 되면 민박집 사람들과 함께 살사 수업을 들었다. 한인 게스트하우스 근처 살사 학원은 이미 학생 절반이 한국인이었다. 나머지 절반인 멕시코인이었는데 살사를 추는 그들의 움직임은 정말이지 골반에 또 하나의 자아가 있는 것 같았다. 그만큼 자유롭고 흥겨운 춤이었다. 살사 바에 놀러 간 날이면, 음악과 리듬 속에서 낯선 이들과도 자연스럽게 친구가 되었다. 어느 날엔 한 현지인이 나를 춤 파트너로 지목해, 갑작스럽게 무대 중앙에 서게 되었다. 긴장했지만, 그의 리드에 따라 흘러가다 보니 어느새 몸이 알아서 반응하고 있었다. 땀이 송골송골 맺히는 이마 위로, 나는 진심으로 웃고 있었다.

그 즈음 케이팝 축제도 열렸다. BTS의 인기로 케이팝에 대한 관심이 높아지던 시기였다. 숙소 근처에서 열리는 행사였고, 민박집 사장님들은 "한국인은 가만있지 못하지."라며 대한항공 닭강정을 팔기로 했다. 나도 부스 운영을 도와 함께 참여하게 되었다. 축제 장소에서 일본인 참가자가 스시와 치킨을 팔고 있어 우리와 메뉴가 겹쳤기에 은근한 경쟁심이 생겼다. 우리는 짜파게티, 과자까지 총동원해 부스를 키워갔다. 민박집에 묵고 있던 잘생긴 대학생 친구는 자연스럽게 우리 매점의 모델이 되었다. 그의 사진을 찍기 위해 멕시코 소녀 팬들이 줄을 서기 시작했고, 그는 연예인이 된 듯한 기분에 즐거워하면서도 "웃느라 턱이 아프다."며 농담을 건넸다. 그의 수줍은 모습은 오히려 더 큰 인기를 끌었다.

축제는 사실상 케이팝 댄스 대회였다. 참가자들의 열정은 무대를 뜨겁게 달궜고, 나 역시 그 에너지 속에 녹아들었다. 놀라웠던 건 이 먼 나라에서 한국을 진심으로 좋아해주는 사람들의 마음이었다. 10대 팬부터 아이를 동반한 엄마, 심지어 할머니까지. 어떤 소녀는 나를 보며 눈물을 흘리기도 했다. 서로 다른 언어와 문화 속에서, 하나의 음악으로 연결되어 있다는 사실이 경이로웠다.

산크리스토발을 떠나던 날, 버스 창밖으로 흐르는 골목의 풍경들이 괜스레 아련하게 느껴졌다. 그곳에서의 시간은 단순한 여행의 한 조각이 아니라, 나를 이루는 한 겹이 되었다. 떠남은 늘 아쉽고, 다시 돌아올 수 있을지 알 수 없지만, 그곳에서 만난 사람과의 따뜻한 기억은 오래도록 나를 살아가게 해 줄 힘이 되어줄 것 같았다. 여행이란, 결국 사람과의 만남이고, 스스로에 대한 이해를 넓히는 과정이다. 조지아에서의 한 달 살기가 '쉼'이었다면, 멕시코는 '배움'과 '교류'의 시간이자 내면적인 성장을 이끈 시간이었다. 살사와 스페인어, 그리고 그 안에서 만난 사람들 덕분에, 나는 조금 더 단단한 여행자가 되어 있었다.

눈앞에서 벌어진 오물 테러

멕시코에서의 한 달 살기를 마치고, 나는 남미 대륙을 향해 발걸음을 옮겼다. 그 여정의 시작점은 에콰도르였다. 중남미에 들어서면서부터 주변 사람들은 너나 할 것 없이 조심하라고 당부했다. 콜롬비아를 비롯한 많은 나라에서 소매치기와 강도는 일상처럼 일어나며, 특히 여행자는 늘 표적이 되기 쉽다는 것이다. 에콰도르도 크게 다르지 않았다. 가벼운 긴장감을 안고 도시를 걸으며, 나는 언제나 가방 끈을 쥔 손에 힘을 주고 있었다.

키토 숙소에 도착한 지 며칠 뒤, 나는 박물관으로 향하던 길에서 잊을 수 없는 일을 겪었다. 길 건너편에서 다가오던 남녀가 눈에 띄었는데, 남자는 코너를 돌아 사라지고 여자는 내 뒤로 붙었다. 그녀가 무언가를 말했지만 알아들을 수 없었고, 대신 그녀가 가리킨 내 셔츠 뒷부분에는 새똥 같은 오물이 묻어 있었다. 순간, '오물 테러'라는 익숙한 소매치기 수법이 떠올랐다. 일부러 오물을 묻히고, 당황한 피해자가 가방을 내려놓는 순간 물건을 훔치는 방식이다.

상황이 이상하다고 느낀 나는 가방을 꼭 붙들고 있었고, 그녀가 내 가방에 손을 대려는 순간, 사라졌던 남자가 다시 등장했다. 그는 마치 무관한 행인인 척 다가와서 무슨 일이냐며 물었고, 미리 준비해온 듯한 휴지를 건넸다. 나는 곧바로 그들이 일행이라는 것을 깨달았다. 앞뒤로 포위된 듯한 상황 속에서 내 머릿속은 온갖 가능성을 계산하고 있었다. 근처를 둘러보니 주유소 옆 작은 슈퍼마켓이 보였다. 나는 조심스럽게 괜찮다고 말한 뒤 슈퍼마켓 쪽으로 빠르게 걸음을 옮겼고, 다행히 그들은 따라오지 않았다.

물건을 도둑맞진 않았지만, 이 사건은 다시 한번 경각심을 일깨워 주었다. 7년에 가까운 여행 동안 운 좋게도 단 한 번도 소매치기를 당한 적은 없었지만, 결코 방심할 수는 없었다. 이후 나는 중남미를 여행하며 더욱 철저히 경계를 유지했다.

중남미에서 흔히 겪는 또 다른 사고는 '밤 버스 소매치기'이다. 대륙이 워낙 넓다 보니 도시 간 이동에는 종종 밤새 이동하는 버스를 이용하게 되는데 이곳에서 소지품 도난 사고가 빈번하게 발생한다. 윗 선반에 올려둔 가방이 사라지는 것은 물론이고, 손에 묶어둔 가방에서 물건만 쏙 빠져나가는 일도 있다. 어떤 친구는 가방 끈을 의자 다리에 감아놓고 잤지만, 다음 날 눈을 뜨자 지갑이 사라져 있었다. 여행자는 잠들지 않는 경계를 익혀야만 했다. 또 한 친구는 거리에서 휴대폰을 뺏기고 쫓아가다가 더 큰 위기를 맞았다. 소매치기범이 어두운 골목으로 달아났고, 그곳엔 이미 두세 명의 공범이 기다리고 있었다고 한다. 다행히 무사히 빠져나왔지만, 그는 그 일 이후 더는 밤에 혼자 다니지 않겠다고 다짐했다. 다른 친구는 술집에서 나와 바람을 쐬던 중 낯선 남성에게 폭행을 당했다. 이곳은 아름답고 따뜻한 사람들이 사는 땅이지만, 동시에 다양한 위험이 공존하는 공간이기도 했다.

경계를 늦추지 않은 채 여행을 이어가다, 마침내 키토의 대표적인 명소 '미타 데 몬도(Mitad del Mundo)'에 도착했다. '에콰도르'라는 이름 자체가 스페인어로 '적도'를 의미하듯, 이곳은 지구의 적도선이 지나가는 특별한 장소다. 전시물과 포토존도 많았지만, 무엇보다 흥미로웠던 건 과학 체험이었다.

가장 인상 깊었던 건 '물의 흐름 실험'이었다. 싱크대 양쪽에서 물을 흘려보내면, 적도에서는 소용돌이 없이 일직선으로 빠져나갔다. 북반구에선 시계 방향, 남반구에선 반시계 방향으로 회전하지만 적도에서는 회전이 발생하지 않는다고 했다. 나는 한참 동안 물줄기를 바라보며 신기해했다. 또 '적도 위에서 눈 감고 일직선으로 걷기' 체험도 있었다. 별것 아닐 것 같았지만 막상 해보면 중심이 흔들리고 발이 옆으로 샌다. 중력의 미묘한 차이 때문이라는 설명이 이어졌다. 두어 번 헛디뎌도 이상하게 웃음이 났다. 머리로만 배우던 과학을 몸으로 체험하는 순간이었다.

특히 욕심이 났던 건 '못 위에 달걀 세우기'였다. 적도에서는 지구 자전의 영향으로 중력이 다른 곳보다 약간 감소

해, 달걀을 수직으로 세우기 수월하다는 설명이었다. 실제로 가이드가 직접 시범을 보였고, 나도 그 자리에서 여러 번 시도했다. 처음엔 계속 넘어졌지만, 집중해서 손끝의 감각을 느끼며 달걀을 올리다 보니 어느 순간 딱 중심을 잡았다. 성공하면 '에그마스터 인증서'를 주는데 그게 그렇게나 기쁠 줄 몰랐다.

학창 시절 과학 시간에 졸음을 참으며 교과서를 읽던 내 모습이 떠올랐다. 무슨 말인지 몰라 포기했던 공식들, 어렵기만 했던 실험으로 수업에 좀처럼 흥미를 느끼지 못했다. 그런데 지금, 나는 세계 반대편에서 과학을 스스로 체험하며 마음을 열고 있었다. 지식은 시험지가 아니라 경험 속에서 더 오래 남는다는 사실을 몸소 느꼈다.

여행이란 풍경과 사람만큼이나, 이렇게 작은 깨달음이 쌓이는 과정이기도 하다. 인생을 송두리째 바꾸는 거대한 사건은 아니더라도, 빈칸 같던 지식이 하나씩 채워질 때 느껴지는 기쁨은 분명 의미가 있었다. 적도에서의 하루는 단순한 관광이 아니라 감각과 사고가 동시에 깨어나는 특별한 경험이었다. 숙소로 돌아오는 길에 '여행은 끝이 아니라

달걀 세우기에 성공!

또 다른 배움의 시작일 수 있다'라는 생각을 했다. 조심스럽고 긴장된 하루였지만, 그만큼 선명하게 각인된 하루였다. 남미 여행의 첫 장은 그렇게, 두려움과 호기심이 교차하는 한 페이지로 내 여정 속에 새겨졌다.

여행에서 버려지는 시간은 없다

에콰도르에서 페루로 넘어가는 일은 단순한 국경 이동이 아니었다. 지도상으로는 맞닿아 있는 두 나라지만, 실제로는 육로로 40시간이 넘는 대장정이기 때문이다. 항공편을 너무 늦게 알아본 탓에 겨우 한두 시간짜리 항공권이 200달러를 훌쩍 넘었고, 결국 고민 끝에 육로를 선택했다. 경제적인 선택이자, 동시에 그 자체가 여행이 되는 길. 불편함은 감수하기로 마음먹었다.

바뇨스에서 출발해 와라즈까지, 총 너댓 번의 환승이 필요해서 일정만 들어도 지쳐버릴 수 있는 코스였지만, 긴 여행을 이어온 나는 언제 어디서든 잘 자는 능력을 가지고 있었고 그것만으로도 낯선 여정을 견딜 수 있는 큰 무기가 되어주었다. 차창 너머로 스치는 풍경을 보다 잠들고, 몸을 흔드는 진동에 눈을 떠 목적지에 도착하는 것은 이제 익숙한 루틴이었다.

첫 구간은 바뇨스에서 쿠엥카까지다. 9시간의 이동은 눈감았다 뜨니 끝나 있었다. 쿠엥카에서의 대기 시간 동안 나는 근처 식당에 들어가 와이파이를 연결하고 영상 편집을 시작했다. 여행을 하며 유튜브 채널을 운영하는 것은 결코 쉬운 일이 아니었지만, 이렇게 자투리 시간을 활용해 콘텐츠를 만들 때면 묘한 성취감이 든다. 이동 중에도 나만의 페이스를 유지하고 있다는 사실이 뿌듯했고, 일종의 안전망처럼 느껴지기도 했다. 익숙한 리듬이 낯선 도시에서의 불안감을 조금은 줄여 주었기 때문이다.

다음 여정은 쿠엥카에서 치클라요로 향하는 밤 버스이다. 12시간의 이동이지만 생각보다 훨씬 쾌적했다. 중남미의 버스는 대륙의 크기만큼이나 장거리 운행에 최적화되어 있는 덕분이다. 발을 뻗을 수 있는 넉넉한 좌석, 시원한 에어컨, 간단하지만 정성스러운 아침 식사까지. 심지어 음료와 과자도 제공되었는데, 몸이 피곤했던 나는 자리에 앉자마자 금세 깊은 잠에 빠졌다.

새벽 2시가 되자 국경에 도착했고 버스 실내등이 켜져 눈을 비추자 승객들은 하나둘 몸을 일으켰다. 나도 부은 얼굴로 짐을 챙겨 에콰도르 출국과 페루 입국 심사를 받았다. 놀랄 만큼 간단해서 같은 건물 안에서 도장을 받으면 끝이었다. 국경심사 앞에서 긴장했던 마음이 풀리고 다시 버스에 오르자 얼마 지나지 않아 도시락이 나왔다. 샌드위치와 주스, 사탕이 들어 있는 작은 도시락이었지만 아무것도 먹지 않았던 속을 달래 주기에 충분했다.

26시간 만에 치클라요에 도착했을 때, 창밖의 풍경은 확연히 달라져 있었다. 에콰도르의 고산지대에서 느꼈던 싸늘함은 사라지고, 눈앞엔 사막과 바다가 동시에 펼쳐져 있었다. 해 질 무렵, 석양이 퍼뜨리는 보라와 분홍빛은 황량한 대지 위를 부드럽게 감싸 안았다. 차창 밖으로 스치는 이 풍경만으로도 이 긴 여정이 충분히 가치 있다는 생각이 들었다.

침보테에서 다시 환승해야 했을 땐 작은 창구를 헤매다 30분 뒤 떠나는 와라즈행 버스를 겨우 찾았다. 그 순간의 안도감은 이루 말할 수 없었다. 하지만 이번 버스는 작은 창구에서 예매한 만큼 열악했다. 낡고 좁은 좌석, 찬 공기, 그리고 구불구불한 산길까지. 와라즈는 고산지대에 위치한 도시라서, 고도가 올라갈수록 머리가 띵해졌다. 졸음은 쏟아지지만 쉽게 잠들 수 없었다. 한 입 베어 물었던 빵이 멀미를 부를까 걱정될 정도로 승차감은 좋지 않았다. 손과 발은 점점 차가워졌고, 버스 내부의 숨 막히는 공기 속에서 몸을 구부려야만 했다. 하지만 그 순간에도 나는 어딘가, 여행 중이라는 생각에 마음은 묘하게 고요했다. 버스 창문에 살짝 김이 서리자 손가락으로 낙서하듯 이름을 써 보았다. 창밖으로 보이는 가로등 몇 개와 사람 하나 없는 어두운 마을이 위로로 다가오기도 했다. 여행이란 어쩌면 이런 순간을 쌓아 가는 일 아닐까. 외롭고 불편하지만, 동시에 낯선 곳에서 마주치는 작은 풍경이 나를 따뜻하게 감싸는 그런 순간들 말이다.

새벽녘, 버스는 와라즈에 도착했다. 차가운 공기를 가르며 숙소 근처에서 내려주는 운전사의 작은 배려가 피곤에 지친 몸을 풀어주었다. 짐을 방에 던져두고 기절하듯 잠들었을 때, 41시간의 피로가 한꺼번에 몰려왔다. 무거운 눈꺼풀은 서서히 내려앉았고, 세상과의 연결이 조용히 끊겼다.

장거리 육로 이동은 분명 쉽지 않았다. 여정 곳곳마다 예기치 못한 변수가 생기고, 몸은 점점 더 피곤해진다. 하지만 도시를 스치며 만난 사람들과의 대화, 차창 밖으로 이어지는 풍경, 환승 대기 중에 마신 커피 한 잔은 길고 지친 시간을 채워 주었고, 마침내 도착했을 때 찾아온 안도감은 몸과 마음을 함께 풀어 주었다. 그래서 많은 이들이 긴 이동을 불편하고 지루한 시간으로 기억하는 반면 나는 그 시간 안에서 삶의 밀도를 느낀다. 풍경이 바뀌고, 공기의 냄새가 달라지고, 언어가 바뀌는 그 순간순간이 내 세상을 조금씩 확장해 준다. 41시간이라는 시간 속에서 나는 단지 공간을 이동한 것이 아니라, 마음의 지평을 넓힌 것이다. 장거리 육로 위에서 나는 내가 여행자라는 사실을 선명하게 마주할 수 있었다.

이번에는 페루에서 있었던 일이다. 일 년 만에 다시 페루 땅을 밟은 나는 이전 여행에서 빠르게 스쳐간 것들의 아쉬

시간을 내어 들린 와라즈 69호수의 아름다움은 사진에 차마 담기지 못했다.

움을 되새기며, 한 걸음씩 천천히 걸어 보기로 했다. 와라즈에서 시작해 리마, 아레키파, 그리고 쿠스코까지 천천히 내려가는 여정이었다.

와라즈는 해발 3,000미터가 넘는 고산도시다. 밤에는 기온이 급격히 떨어졌지만, 그 덕분에 하늘은 맑고 별빛은 유독 선명해진다. 특히 라구나69라는 해발 4,600미터에 위치한 고산 호수는 진지한 자연의 위엄을 보여 주었다. 숨이 차고, 다리가 저려 왔지만 정상에 도착했고, 호수는 설산과 안개 사이에서 푸른 빛을 반사하며 꿈처럼 펼쳐져 있었다. 다음 날은 파론 호수로 향했다. 안개가 자욱하게 깔린 설산 사이에서 보트를 타며 바라본 풍경은, 마치 다른 세계에 발을 들인 듯했다.

와라즈에서 수도 리마를 거쳐 아레키파에 도착했다. 아레키파는 백색 화산석으로 지어진 건축물들로 인해 '백색 도시'라는 별칭을 가졌다. 아름다운 구시가지와 매끄럽게 이어지는 돌길과 주변 화산 풍경은 도시 자체를 거대한 유산처럼 느끼게 했다. 하지만 내가 이 도시를 찾은 이유는, 그랜드 캐니언보다도 두 배나 깊다는 콜카 캐니언을 보기 위해서였다. 새벽 3시부터 투어 버스에 몸을 싣고 5시간을 달려 도착한 협곡은 아찔할 정도로 깊었고, 이곳 하늘을 가르며 날아오르는 콘도르의 비행은 그 어떤 새보다도 장엄했다. 펼치면 1.3미터에 달하는 날개 길이를 가진 이 독수리가 하늘을 날며 바람을 가르는 순간, 사람들은 환호성을 지르며 카메라를 들이댔지만, 나는 숨을 멈추고 두 눈에 담았다. 콘드르의 비행 단 한 번을 보는 것만으로도 멀리까지 찾아온 고생이 아깝지 않았다.

그다음으로 간 도시인 쿠스코는 골목마다 남겨진 잉카의
흔적과 돌담 사이로 이어진 역사의 시간이 어우려져 여전
히 아름다웠다. 하지만 나의 진짜 목적지는 그 너머, 마추
픽추였다. 지난번엔 기차를 타고 다녀왔지만, 이번에는 예
산도 빠듯했고 도전해 보고 싶은 방식도 달랐다. 나보다
나이가 조금 어린, 예전에 인도에서 만난 한국인 친구와

콜카 캐니언에서 만난 아기 알파카에게선 포근포근한 우유 향이 났다.

다시 만나 우리는 무모한 계획을 세웠다. 기찻길을 따라 8시간을 걸어서 마추픽추에 가는 것이다. 누군가 했던 이야기를 듣고 우리도 도전해 보기로 했다.

쿠스코에서 미니버스를 타고 오얀따이땀보라는 마을까지 이동한 뒤, 거기서부터 본격적인 도보 여행이 시작됐다. 표지판 84킬로미터 지점에서부터 시작해 28킬로미터를 걷는 여정이다. 이 길은 실제 기차가 다니는 철길 옆으로 나 있었고, 중간 기차가 지나갈 때면 철길 밖으로 피해야 한다. 낯선 개들이 짖어대는 통에 움찔하고, 발바닥은 작은 돌에 시달렸다. 해가 지기 전에는 꼭 도착해야 했기에 우리는 쉼 없이 걸었다.

그리고 오후 6시 반, 결국 해는 지고 산에는 어둠이 내려앉았다. 우리는 휴대폰 불빛에 의지해 비가 오는 어둠 속을 걸었고, 그렇게 마추픽추의 마을, 아구아 깔리엔떼에 도착해서야 녹초가 된 몸과 마음을 쉴 수 있었다. 씻고 누우니 그제야 모든 고생이 실감 났다. 너무 고돼서 정말이지 다시는 하지 않기로 친구와 굳게 다짐했다.

다음 날, 마추픽추 입장을 위해 이른 아침 다시 산을 올랐다. 이제 와서 버스를 타기엔 뭔가 자존심이 상했다. 계단을 오르고, 땀이 흐르고, 숨이 차오를 즈음 마침내 입구가 보였다. 그러나 입장 직전에 나는 다시 한번 멈춰 섰다. 입장권 바코드가 인식되지 않는데, 직원과 확인해보니 날짜를 착각해 하루 전 날짜로 예매했던 것이었다. 결국 50달러를 날리고 현장에서 다시 입장권을 사야 했다. 기차비를 아끼겠다고 걸어온 길, 체력과 시간을 아껴서 만든 여정이 허무하게 느껴졌다. 그래도 마추픽추 입구에 서서 눈앞에 펼쳐진 풍경을 마주하자 그런 생각은 싹 사라졌다렸다. 비가 부슬부슬 내리는 가운데 안개에 가려진 유적이 점차 모습을 드러냈다. 그 순간, 나는 왜 여기에 왔는지, 이 고생을 왜 했는지 모두 이해할 수 있는 감동이 몰려왔다. 함께했던 친구의 위로와 웃음도 큰 힘이 되었다.

잉카의 숨결이 느껴지는 돌담, 가파른 계단, 그리고 끝없이 펼쳐진 고산 풍경이 이어졌다. 와이나픽추까지는 결국 오르지 못했지만, 나는 이번 여정에서 훨씬 더 많은 것을 얻었다. 풍경뿐 아니라, 실수와 무모함, 그리고 그것을 덮어준 사람들과의 유대감. 가난한 여행자에게 마추픽추는 단

인스타에서 본 그 마추픽추가 아니다. 이것이 바로 우기의 현실!

순한 관광지가 아니라, 그 자체로 하나의 도전이고, 성취였고, 기억이었다. 그곳에 서 있었던 순간, 나는 분명히 그 모든 감정을 한 몸에 안고 있었다.

거대한 자연, 아마존에서

한 달간의 남미 여행을 마친 지 1년이 조금 지난 시점에, 나는 다시 남미로 향하는 비행기에 올랐다. 이 여행의 목적은 단 하나, 바로 아마존이었다. 여행 초창기부터 나의 버킷리스트에였던 아마존은, 지구상에서 가장 거대한 열대우림이자 수천 종의 동식물이 살아 숨 쉬는 생명의 보고였다. 책으로만 접했던 아마존이라는 단어가 이제 실제의 풍경으로 다가올 생각에, 비행기 창밖을 바라보며 속절없이 마음이 두근거렸다.

아마존은 브라질, 페루, 볼리비아, 콜롬비아 등 여러 나라에 걸쳐 있지만, 나는 볼리비아 라파스에서 출발하는 코스

이 얇은 보트가 우리를 아마존 깊숙이 데려갈 예정.

를 선택했다. 라파스 공항에서 아마존 지역 공항까지 짧은 비행을 마치고, 현지 여행사 차량을 타고 3시간쯤 이동했을 때 불현듯 여권이 비행기에 그대로 놓여 있다는 사실을 깨달았다. 당황과 불안이 몰려왔지만 다행히도 아직 아마존강을 건너기 전이었고, 전화 신호가 잡히는 지점이었다. 여행사 직원이 곧바로 공항에 연락해 내 여권이 안전하게 보관 중이라는 사실을 확인해 주었고, 그 순간만큼은 기적처럼 느껴졌다.

보트에 오르자 본격적인 아마존 열대우림 탐험이 시작되었다. 갑작스레 퍼붓는 비에 젖은 옷을 말릴 새도 없이, 조그마한 보트를 타고 우리는 캠프를 향해 나아갔다. 배 안에는 나를 포함해 한국인 3명, 영국인 4명이 있었고, 우리는 컵으로 보트 안에 들어찬 빗물을 퍼내며 웃음 섞인 비명을 질렀다. 그런 와중에, 나무 위에서 내려오는 작은 원숭이 무리를 만났다. 이들은 인간을 전혀 두려워하지 않았다. 바나나를 손에 들고 있던 승객에게 뛰어든 원숭이는 바나나만 재빠르게 낚아채고 나무로 올라갔고, 어떤 원숭이는 내 팔을 타고 머리 위에 올라앉기도 했다. 야생동물과의 첫 만남은 놀라움과 웃음만 가득했다.

보트를 타고 한 시간쯤 지나 도착한 캠프는 소박했다. 그러나 평화로운 풍경은 잠시뿐, 짐을 풀자마자 모기떼가 몰려들었다. 몇 분 만에 수십 방을 물렸고, 침대에 쳐진 모기장이 유일한 피난처였다.

이튿날은 매우 흐렸다. 우리 가이드는 원주민으로 아마존 생태계에 대해 지식이 해박했다. 그는 우리를 데리고 악어 서식지로 향했다. 두려움이 앞섰지만, 실제로 마주한 악어들은 우리가 가까이 다가가자 오히려 재빨리 몸을 숨겨서 사진 찍기도 쉽지 않았다.

이윽고 늪지대에 도착한 우리는, 이곳이 아나콘다의 서식지라는 설명에 긴장을 감추지 못했다. 가이드는 조용히 이동하라고 했다. 아나콘다는 예민하고, 작은 소리에도 움직임을 멈추기 때문이다. 우리는 진흙밭 위를 조심스럽게 걷기 시작했고, 얼마 지나지 않아 뱀의 허물을 발견했다. 이 지역에 아나콘다가 있다는 확실한 증거였다. 그러나 끝내 실물은 마주하지 못했고, 우리는 안도와 아쉬움을 안은 채 다음 장소로 이동했다.

그 와중에도 모기떼는 끊임없이 달라붙었다. 옷을 겹겹이 입고 방충제를 뿌려도 소용없었고, 허벅지며 팔목이며 발등까지 물린 자국이 가득했다. 이미 물린 곳을 또 다시 무는 지독함에 진절머리가 나고 댕기열 걱정도 스쳤지만, 도무지 웃음이 나올 수밖에 없었다. 이렇게 처절하게 모기에 시달린 적이 있었던가.

점심 이후에는 아마존 강의 또 다른 지류로 향했다. 이번 목표는 돌고래와의 만남이었다. 아마존에는 핑크 돌고래가 서식하는데, 사람의 접근을 경계하다가도 어느 순간 장난스레 다가온다고 했다. 보트 위에서 한참을 기다렸지만 돌고래는 모습을 드러내지 않았다. 기다리다 지친 몇몇은 보트로 돌아갔고, 나를 포함한 세 명은 강 위에 떠서 조용히 물살을 느꼈다. 그때였다. 영국인 친구의 다리를 스치듯 지나가는 뭔가가 있었다. 모두가 숨을 죽이고 강 수면을 바라보았다. 그리고 잠시 후, 분명히 돌고래가 우리 곁에서 헤엄치고 있었다. 말없이 서로의 얼굴을 바라보다 우리는 웃었고, 호스를 가지고 장난을 치며 돌고래와 놀았다.

돌고래와 헤어진 뒤에는 피라냐 낚시가 기다리고 있었다. 놀랍게도 피라냐 구역은 돌고래 구역과 가까웠고, 아마존의 복잡한 생태계가 얼마나 촘촘하게 얽혀 있는지를 실감했다. 그때, 보트가 한 나무에 부딪히자, 무언가가 우수수 떨어졌고 우리는 비명을 질렀다. 정체는 왕개미였다. 손가락 마디만 한 크기의 개미들이 물기 시작했고, 우리는 물 밖으로 개미를 내던지기 바빴다. 그런데 그 순간, 수면 위로 떠오른 피라냐들이 떨어진 개미를 덥석 물었다. 그 장면이 충격적이어서 절대 이 강에 손발을 담그지 않겠다고 다지했다.

나의 공포와는 별개로, 가이드는 피라냐 한 마리를 낚아 우리에게 보여 주었다. 물속이라는 홈그라운드를 잃은 피라냐는 생각보다 작고 귀여웠지만, 입을 벌리면 날카로운 이빨이 드러났다. 우리는 몇 마리를 잡는 데 성공했고, 그 피라냐를 저녁 식사로 먹게 되었다. 고기는 희고 부드러웠으며, 특별한 향이나 맛은 없었지만, 그날의 모든 경험을 기념하기에는 충분한 식사였다.

우당탕탕 다양한 체험을 마치고 돌아오는 길에는 구름이

걷히며 파란 하늘이 군데군데 드러나기 시작했다. 이날은 여행을 떠난 지 400일째 되는 날이기도 했다. 특별한 의미가 있는 날에 아마존에서, 그것도 개어 가는 하늘 아래에서 하루를 마무리하게 되어 더욱 뭉클했다. 노을은 강물 위에 붉은 빛을 드리웠고, 나는 보트에 앉아 그 풍경을 한참 바라보았다.

아마존은 눅눅하고 습하면서 춥고 모기 많고 생전 듣도보도 못한 벌레도 많고 화장실은 불편했으며 전기도 자주 끊겼다. 인터넷조차 닿지 않는 곳이었으니 불편함을 꼽자면 끝이 없었다. 그런데도 모든 것을 보완하고도 남을 단점 하나의 장점이 있었다. 아마존 자체가 너무나 아름다웠다는 것이다. 당황스러운 일도, 기쁘거나 신기했던 일도 모든 순간이 생생했고, 그 모든 어려움은 오히려 여행을 더 단단하게 만들어주었다.

밀림을 벗어나는 길이 심한 진창이어서 차가 빠지는 사고도 있었지만 이상하게도 마음은 편안했다. 아마존에서의 2박 3일은 나를 다시금 여행자답게 만들어 주었고, 여행에서 얻은 새로운 경험이 다시 길 위로 나아갈 용기를 안겨

주었다. 고된 여정의 끝에서, 나는 또 하나의 버킷리스트를
지우고 있었다. 아마존은 그런 곳이었다. 보고, 듣고, 느끼
는 모든 것이 살아 있는 거대한 생명의 숲. 그 안에서 나는
작았지만 분명히 존재하는 한 사람이었다.

남미 여행의 피날레, 카니발

브라질의 카니발은 세계 3대 축제 중 하나로 꼽힌다. 2월 말, 카니발의 열기가 고조되는 그 시점에 맞춰 리우데자네이루에 도착하기 위해 나는 국경을 넘고, 비행기를 갈아타고, 수천 킬로미터를 달려왔다.

리우의 카니발은 말 그대로 도시 전체가 무대가 되는 축제였다. 지금까지 독일의 옥토버페스트, 멕시코의 죽은 자의 날 같은 다양한 축제를 경험했지만, 이곳 리우에서의 카니발은 완전히 다른 차원이었다. 거리 곳곳에서 삼바 리듬이 끊이지 않았고, 사람들은 밤낮없이 춤을 추며 노래했다. 특히 '삼보드로모'라 불리는 스타디움에서는 정교하게 꾸며진 의상과 조형물, 그리고 수백 명이 함께 추는 삼바 퍼레이드가 펼쳐졌다. 수십만 명의 관중이 모인 그곳은 열기와 환호로 들끓는, 거대한 축제의 심장이었다. 무대는 환상적이었고, 사람들의 에너지는 믿기 힘들 만큼 강렬했다.

하지만 브라질, 특히 리우는 축제의 열기만큼이나 위험도 공존하는 도시였다. 치안이 불안정하기로 악명 높은 이곳에서, 축제 기간에는 특히 더 많은 소매치기 피해가 발생했다. 나 역시 고가인 액션 카메라와 DSLR을 들고 있었기에, 사람들 속을 걸을 때마다 긴장의 끈을 놓을 수 없었다. 카메라를 들고 있으면 주변의 모든 시선이 신경 쓰였고, 춤추는 사람들 사이에서도 한 손은 가방 지퍼 위를 지키고 있었다. 두려움과 흥분이 공존하는 기묘한 분위기 속에서 나는 영상도 담고, 순간도 즐기기 위해 애썼다.

카니발의 피날레는 리우 해변에서 열린다는 소문을 들었다. 밤 10시부터 시작된다는 일정이었지만, 실제로는 24시간 내내 도시 전체가 축제였다. 입장권은 미리 사지 않고, 현장에 도착해 암표상을 통해 저렴한 가격에 구입하기로 했다. 이윽고 피날레가 시작되자 입구 주변에는 아직 티켓

웃고, 노래하고, 춤추며 낯선 도시에 마음을 활짝 연 축제의 밤.

을 팔지 못한 사람들이 쏟아져 나왔고, 그중 한 명에게서 우리는 인당 6천 원이라는 말도 안 되는 가격으로 좌석을 구입했다. 티켓이 가짜일지도 모른다는 걱정은 있었지만, 아무런 문제 없이 입장할 수 있었다.

새벽 2시가 되어도 퍼레이드는 한창이었다. 하늘에선 폭우 가 쏟아졌지만, 관중석에서는 우비를 입은 수백 명이 일제 히 일어나 춤을 추고 있었다. 우리 옆에는 브라질 현지 대

가족이 있었는데, 그들은 아이가 합기도를 배운다며 나에게 다정하게 말을 걸었다. 그들과 함께 웃고, 노래하고, 춤을 추는 동안 낯설던 리우가 조금씩 익숙해졌다.

새벽 4시부터는 인파가 조금씩 빠지기 시작했지만, 아직도 남은 두 팀은 퍼레이드 중이었다. 이 축제를 위해 사람들이 1년을 준비한다는 이야기가 결코 과장이 아님을 실감할 수 있었다. 카니발은 단순한 이벤트가 아니었다. 브라질 사람들의 삶, 자부심, 그리고 공동체를 응축한 문화 그 자체였다.

그날 밤, 나는 숙소에 돌아가 리우에 더 머물기로 하고 급하게 자리가 남은 호스텔을 예약해 찾아갔다. 그런데 운전기사가 한참을 달리다 어느 오르막길 아래에서 차를 세우더니 더는 갈 수 없다고 하는 것이 아닌가. 포르투갈어로 이어지는 설명에서 나는 겨우 한 단어를 알아들을 수 있었다. '파벨라'였다. 도시 외곽의 언덕을 따라 형성된 브라질의 브라질의 빈민가 말이다. 이곳은 마약, 폭력, 불법 무기 소지 등 각종 범죄가 일상이라 범죄율이 높고 경찰조차 쉽게 출입하지 않는 지역이었다. 관광객이 발을 들이기에는 너무나 위험한 장소이다. 그런데 내가 예약한 호스텔이 바로 이 파벨라 한복판에 있던 것이다.

운 좋게도 오전 시간에 도착해서, 밝은 햇살 아래 큰 위협 없이 숙소에 도착할 수 있었다. 호스텔은 의외로 깔끔했고, 가족 단위로 운영되는 듯 보였다. 하지만 해가 지고 어둠이 내려앉자, 분위기는 완전히 달라졌다. 방 안에는 이상한 기운이 감돌았고, 어딘가 의심스러운 남자들 사이로 마약 냄새가 진동했다. 잠시 물을 사기 위해 골목으로 나가자, 어두운 모퉁이에서 누군가가 다가와 마약을 사겠냐고 물었다. 그 순간 심장이 얼어붙는 듯한 공포를 느꼈고, 나는 말없이 고개를 저으며 숙소로 황급히 되돌아왔다.

다행히 리우에 사는 현지 친구가 있었다. 내 위치를 전하자 그는 분노에 가까운 걱정을 쏟아냈다. 경찰인 그와 군인 친구조차 파벨라에는 쉽게 들어가지 않는다며, 왜 그런 곳에 있냐고 했다. 결국 그는 호스텔 주인과 통화해 파벨라 전용 오토바이 택시를 불러 주었고, 호스텔 주인 가족의 호위를 받아 나는 무사히 그곳을 빠져나올 수 있었다. 정말 아찔한 순간이었다. 평소 나는 여행지를 미리 조사하지 않고 부딪히며 배우는 것을 좋아했지만, 이 일을 계기로 최소한의 안전 정보만큼은 꼭 확인하게 되었다. 여행은 자유롭고 흥미로워야 하지만, 그 자유를 지키기 위해서는 준비와 책임이 필요하다는 사실을 뼈저리게 배운 것이다.

카니발은 분명 내 인생에서 가장 화려하고 강렬한 축제였다. 수천 명이 하나의 리듬에 맞춰 흔들리고, 나라 전체가 음악과 춤에 빠져드는 그 현장은 어떤 언어로도 완벽히 설명하기 어려운 감동이었다. 그러나 그 이면에는 위험과 긴장도 함께 존재했다. 그 극단의 대비 속에서, 나는 여행이 단순히 아름다움만을 만나는 일이 아님을, 때로는 경계심마저도 날카로운 한 조각이 될 수 있음을 배웠다.

세계의 국경이 닫히던 날들

페루에서의 여행이 끝나갈 무렵, 세상은 조금씩 이상한 방향으로 흘러가고 있었다. 처음엔 먼 나라의 이야기인 줄만 알았다. 뉴스에서는 중국 우한에서 시작된 바이러스 소식이 들려왔고, 얼마 지나지 않아 한국에도 확진자가 발생했다. 그때까지만 해도 대부분의 사람들처럼 나 역시 그리 심각하게 생각하지 않았다. 현대 의학의 기술이라면 곧 백신이 개발될 것이고, 금세 지나갈 일이라 믿었다. 남미에 있으면서 체감되는 위험이 거의 없었기에, 여행을 멈춰야 한다는 생각은 들지 않았다.

하지만 그 바이러스는 아시아를 넘어 유럽으로, 그리고 남미로 빠르게 퍼지기 시작했다. 하루가 다르게 확진자 수가 늘어났고, 공항은 점점 폐쇄되기 시작했다. 한국에서는 하루에도 수백 명의 확진자가 발생한다는 뉴스가 나왔고, 내가 머물던 도시의 분위기에도 조금씩 변화가 감지되었다. 사람들의 시선이 달라졌다. 아시아인이라는 이유만으로 받는 시선이 점점 날카로워졌고, 몇몇은 내 앞에서 대놓고 마스크를 끌어 올리거나, 거리를 두며 노골적인 눈빛을 보냈다. 길거리에서 들은 "코로나!"라는 외침은 농담처럼 들리지 않았다. 오히려 혐오와 공포가 담긴 말이었다. 라틴아메리카에서 흔히 아시아인을 향해 던지던 '치노', '칭챙총' 같은 말들이 이제는 '코로나'로 바뀌어 있었다. 처음에는 웃어넘겼지만, 시간이 지날수록 그 말들은 조용히 나를 짓눌렀다.

택시 호출 앱에서 세 번 연속으로 승차 거부를 당한 날, 나는 처음으로 두려움을 느꼈다. 아시아인이라는 이유만으로 배척당한다는 사실이 여행의 설렘을 짓누르는 무거운 긴장감을 안겼다. 어디를 가든 환영받지 못한다는 느낌, 내가 바이러스 취급을 당한다는 현실은 쉽게 지워지지 않았다. 결국 결정을 내려야 했다. 여행을 계속할 수 없음을 인정하는 일은 쉽지 않았지만, 내 안전과 현실적인 상황을 고려할 때 선택의 여지는 없었다. 그렇게 427일간의 세계여행은 끝을 향했다. 포르투갈 경유, 한국행 비행기 티켓을 구매하는 순간 마음 한구석이 무너져 내렸다.

브라질에서 포르투갈로, 그리고 한국으로 향하는 비행기 안에서 창밖을 바라보며 나는 수없이 되뇌었다. 이게 끝이라니, 정말 이렇게 끝나는 걸까. 내 의지로 마무리하는 여행이 아니라, 강제로 닫힌 여정이라는 사실이 더 서글펐다. 여행 중 만난 사람들, 걸었던 길, 마주했던 하늘이 주마등처럼 스쳐갔다. 소중했던 순간들이 다시는 돌아갈 수 없는 장면으로 남게 되었다는 사실이 쓰라렸다.

비행기는 텅 비어 있었다. 유럽에서도 국경을 닫기 시작했고, 한국행 비행기 수는 줄어들고 있었다. 그 안에서 나는 기내 와인 한 잔을 시켜, 억눌린 감정을 천천히 가라앉혔다. 기내 조명이 어둑해지자 마음은 더 깊은 어둠 속으로 가라앉았다. 돌아가는 길이지만, 어디로 돌아가는 것인지조차 불분명했다. 여행자였던 나는 이제 어디에 속해야 할지 몰랐다.

당시 유튜브 채널을 운영하고 있었지만, 수익이 크지 않아 생계를 이을 정도는 아니었다. 재취업을 고민했지만, 코로나로 인해 사회 전반이 멈춘 상황에서 새로운 일을 시작한다는 건 결코 쉬운 일이 아니었다. 끝이 아니라, 또 다른 시작이어야 하는데 막막함만 가득했다. 화려했던 여정의 끝에 기다리고 있는 건 환영 인파도, 성취감도 아닌 공허함과 불안함이었다. 하지만 그 순간에도 나는 나 자신을 다독여야 했다. 이 모든 것이 지나가리라 믿으며, 지금은 버텨야 하는 시간임을 받아들이기로 했다. 기내에서 술 한 잔을 마시며 조용히 다짐했다. "괜찮아, 다시 시작하면 돼."

아침이 밝았다. 창문 너머로 보이는 인천 앞바다가 점점 선명해졌다. 낯설고도 익숙한 그 모습에 마음이 조금씩 현실로 돌아왔다. 427일의 여정은 그렇게 끝이 났고, 나는 다시 한국 땅을 밟았다. 모든 것이 멈춘 듯한 세상에서, 나의 시간도 잠시 멈춰섰다. 그러나 이 멈춤은 끝이 아니라 또 다른 출발점이 될 것이라 믿고 싶었다.

"여행하는 동안 정말 행복했어요. 이번 여행은 끝이 났지만 제 여행은 계속될 거예요."
– '427일 세계여행'의 끝을 알리며

버드모이의 Q & A 코너 ①

Q. '버드모이'라는 이름에는 어떤 뜻이 담겨 있나요?

A. 중학교 때부터 제 별명이 '새'였는데요, 그래서 친구들이 "새야~." 하고 부르고 했습니다. 유튜브 이름을 정할 때도 한 친구가 '버드모이(Birdmoi)'라는 이름이 어떨지 추천해 주었습니다. 듣고 보니까 외국인이 들어도 어렵지 않아 유튜브 채널명으로 삼기 좋아 보여 더욱 마음에 들었어요. 제 오랜 별명이 오늘날 여행자 버드모이를 만들어 셈입니다. 여행이 없었다면 '버드모이'라는 이름도, 지금의 저도 존재하지 않았을 것입니다.

Q. 버드모이가 영상에서 드러내지 않는, 의외의 성격이나 습관이
있나요?

A. 화면 속에서는 늘 활발하고 낯선 곳을 자연스럽게 헤쳐 나가는 사람처럼 보일 수 있습니다. 그래서 종종 외향적이고 사교적인 성격으로 여겨지지만, 실제로는 내향적인 면이 더 강합니다. 낯선 이에게 먼저 다가가 말을 거는 편은 아니지만, 누군가 마음을 열고 다가와 준다면 기꺼이 즐겁게 대화를 나누곤 합니다. 익숙한 사람들과 함께할 때 가

장 편안함을 느끼지만, 새로운 만남 속에서도 호기심을 잃지 않으려 노력합니다.

Q. 여행을 마치고 집으로 돌아왔을 때 제일 먼저 하는 일은 무엇인가요?

A. 집에 돌아오면 가장 먼저 짐을 풀고 따뜻한 물로 샤워를 합니다. 이어 세탁기를 돌린 뒤, 깊은 잠에 빠지곤 하지요. 낯선 곳 어디에서든 잘 자는 편이지만, 한국에 오면 비로소 긴장이 풀리면서 '아, 이제 집이구나' 하는 안도감을 느낍니다. 그래서인지 그 잠은 유난히 깊습니다.

눈을 뜨면 가장 그리웠던 한국 음식을 찾아 한 끼를 먹고, 빨래를 널면서 여행지에서 입었던 옷들을 하나하나 떠올리곤 합니다. 옷에 묻은 흙이나 스쳐 지나간 향기, 그날의 공기까지 잠시 되살아나며, 여행이 비로소 마무리되는 기분이 듭니다.

Q. 버드모이가 생각하는 '좋은 여행자'란 어떤 사람인가요?

A. 저는 '좋은 여행자'란 많이 보는 사람이 아니라, 깊이 보는 사람이라고 생각합니다. 유명한 관광지를 빠르게 훑는

것도 여행일 수 있지만, 그보다 중요한 건 자신만의 시선
으로 무언가를 발견하는 일이 아닐까 합니다.

현지인의 삶을 존중하고, 작은 디테일에도 마음을 열어두
는 태도야말로 좋은 여행자를 만든다고 믿습니다. 같은 골
목을 걸어도 어떤 이는 낡은 벽돌의 색과 그 사이를 뛰어
가는 아이의 웃음을 기억하지만, 또 다른 이는 사진 한 장
만 남기고 지나칠 수도 있습니다. 여행의 깊이는 바로 그
런 차이에서 비롯된다고 생각합니다.

Q. 언젠가 여행을 멈춘다면, 그 순간은 어떤 모습일 것 같나요?
A. 아마도 제 안에서 '더 이상 새로운 곳을 보지 않아도 충
분하다'는 평온함이 찾아올 때일 것 같습니다. 지금은 여
전히 낯선 풍경과 새로운 만남을 갈망하지만, 언젠가는 집
앞 골목길을 걷는 것만으로도 충만함을 느끼는 날이 올 거
라 믿습니다.

여행을 멈춘다는 건 완전히 끝낸다는 의미는 아닐 겁니다.
방식이 달라질 뿐이지요. 먼 나라를 찾아 떠나는 대신 작
은 정원을 가꾸거나, 매일 다른 하늘을 바라보며 그 안에

서 또 다른 여행을 발견할 수도 있을 것입니다. 그것이 제가 상상하는 '멈춤'의 모습입니다.

Q. 여행을 하지 않을 때 가장 좋아하는 취미나 시간을 보내는 방식은 무엇인가요?

A. 한국에 머무를 때는 집 주변을 산책하며 무엇이 달라졌는지 살펴보는 걸 즐깁니다. 새로 생긴 카페나 식당이 눈에 띄면 가볍게 들어가 맛을 보는 것도 작은 재미지요. 멀리 떠나지 않아도 동네의 풍경이 조금씩 변해가는 걸 관찰하는 것만으로도, 마치 또 다른 여행을 하는 기분이 들 때가 있습니다.

또 규칙적으로 운동하려고 노력합니다. 여행할 때는 늘 생활이 불규칙해지기 때문에, 잠시 머무는 시간에는 체력을 보충하고 생활의 균형을 회복하는 게 중요하다고 느낍니다. 헬스장에서 땀을 흘리거나 요가 매트 위에 앉아 호흡을 고르는 순간, 낯선 길 위에서 쌓였던 피로가 조금씩 정리되는 듯한 기분이 듭니다. 그렇게 몸과 마음을 가다듬다보면, 다시 길 위로 나설 힘도 차오르는 것 같습니다.

Q. 여행을 기록하지 않고 오롯이 즐기는 순간이 있나요?

A. 카메라를 꺼내지 않는 순간도 많습니다. 주로 사람과 함께할 때, 혹은 제가 좋아하는 일에 몰두할 때입니다. 현지에서 만난 친구와 깊은 대화를 나눌 때는 기록보다 그 시간 자체에 온전히 집중하고 싶습니다. 또 좋아하는 취미를 즐기는 순간에는 더 잘하고 싶다는 마음 때문에 카메라를 내려놓기도 합니다.

기록하지 않았지만 오히려 더 선명하게 남는 장면들이 있습니다. 저에게 여행은 보여 주기 위한 행위가 아니라, 결국 제가 살아낸 시간이라는 사실을 늘 잊지 않으려 합니다.

PART 2

멈춰버린 세상에서
여행자가 살아남는 법

여행의 상실

내 인생에서 세계가 동시에 멈추는 날이 올 거라고는 한 번도 상상해 본 적 없었다. 그러나 2020년, 코로나 바이러스가 순식간에 지구 전체를 마비시키자 우리는 예고 없이 완전히 새로운 시대를 맞이하게 되었다. 사람들은 마스크를 쓰고, 거리를 두고, 당연하게 여겼던 모든 일상이 제한되었다. 많은 업종이 붕괴 직전까지 몰렸고, 특히 사람과의 접촉과 이동이 중요한 여행업은 가장 큰 타격을 입었다.

떠나는 일이 곧 직업이었고, 삶 그 자체인 내게도 우울이 덮쳐왔다. '이번 여행이 끝나면 또 어디로 가지?' 하고 늘 다음 계획을 세우던 나에게, 갑자기 닥친 팬데믹은 감당할 수 없는 혼란을 안겨주었다. 여행자로서, 그리고 여행 유튜버로서의 정체성을 지켜내고 싶었지만, 나의 의지를 비웃기라도 하듯 모든 계획이 물거품이 되었다. 개인 경비로 하나하나 꼼꼼히 준비했던 세계여행 크루즈 여행도, 비자 나이 제한이 다가오는 호주 워킹홀리데이도 끝내 무산되었다. 바이러스는 더욱 빠르게 확산되었다. 국경이 닫히고 비자 발급 자체가 중단되었다. 세계를 누비겠다는 꿈은 그렇게, 한 번도 출항하지 못한 채 항구에 머물러야 했다.

브라질에서 한국으로 돌아온 뒤, 한동안은 가족과 친구들, 그리고 오랜만에 만난 지인들과 시간을 보내며 회복하려 애썼다. 일 년 넘게 떨어져 있었던 이들과의 시간은 따뜻했고 소중했다. 하지만 그 행복도 오래가지 않았다. 여행은 커녕 바깥 활동조차 조심스러운 날들이 이어졌고, 나는 점점 마음의 여유를 잃어갔다. 움직이기를 좋아하고, 새로운 공간에서 에너지를 얻던 나에게 멈춤은 가장 견디기 힘든 감정이었다. 예전에는 당연하게 여겼던 것들이 하나둘씩 제한되자 나는 점점 더 안으로 침잠해갔다. 낯선 곳에서의 설렘, 새로운 사람들과의 만남, 자유롭게 흘러가는 시간들, 그 모든 것들이 아득하게 느껴졌다.

특히 금전 문제가 시급했다. 일 년이 넘는 세계여행으로 이미 2,000만 원 가깝게 사용했고, 남은 예산으로는 새롭게 무엇을 시작하기엔 턱없이 부족했다. 예전 직장으로 복귀하기도 쉽지 않았다. 광고회사에 다녔던 이력은 있었지만, 이 년이 넘는 공백은 경력으로 인정받기 어려웠고, 무엇보다 코로나로 인해 채용 자체가 축소된 상황이었다.

세상이 멈췄을 때, 나도 잠시 멈출 수밖에 없었다. 그렇게 봄과 여름, 가을을 지나 겨울이 올 때까지, 그동안 무심코 지나쳤던 것들이 얼마나 소중한지, 자유롭게 떠날 수 있다는 것이 얼마나 큰 축복이었는지를 진심으로 깨달았다. 여행이 단지 이동이 아닌, 내 삶의 중심이자 정체성이었음을 절감했고, 그 정체성을 다시 회복하기 위해 고민을 거듭했다. 이 멈춤이 영원한 정지가 아니라, 다시 움직이기 위한 '숨 고르기'이기를 바랐다. 시간이 지나 다시 문이 열리고, 길이 열릴 때 나는 다시 떠날 준비가 되어 있어야 하니까. 세상이 멈추지 않았더라면 보지 못했을 나의 내면, 내가 몰랐던 나의 취약함과 회복력. 그 모든 것을 껴안고, 다시 나아갈 힘을 길러냈다.

국토대장정의 시작

귀국 후 유튜브에 여행 영상들을 하나씩 업로드하며 현실과의 괴리에서 오는 공허함을 달랬다. 브라질 편집본을 마지막으로 한국에 귀국하는 나의 이야기를 영상에 담았을 때, 짧은 러닝타임 속에도 복합적인 감정이 흘러나왔고, 나는 편집 도중 여러 번 눈물을 흘렸다. 여행이 멈췄지만, '여행하며 살고 싶다'는 내 꿈은 여전히 진행형이었다.

출국이 어려운 상황이라고 해서 여행을 멈출 순 없었다. 한국에서 할 수 있는 여행을 고민했고 그러다 국토종주를 예전부터 해 보고 싶었던 기억이 떠올랐다. 서울에서 시작해 해남 땅끝마을까지 걸어가는, 여행이라기보다 하나의 도전으로 여겼던 이 계획이 그 어느 때보다 현실적인 목표

로 다가왔다. 마침 라오스에서 여행하다가 만났던 동생도
국토대장정이 꿈이라며 함께 걷자고 했고, 그렇게 우리는
서울역에서 배낭을 메고 출발선에 섰다.

내가 태어나고 자란 이 땅을 두 발로 걸어보기로 했다.

첫날의 설렘은 금세 고단함으로 바뀌었다. 평소 차로 지나치던 그 길들을 천천히, 그리고 힘들여 걷는 건 전혀 다른 감각이었다. 자동차와 오토바이가 뒤엉킨 서울 도심은 보행자에게 결코 친절하지 않았고, 터널과 언덕, 아스팔트 위를 걷다 보니 발바닥은 점점 망가졌다. 쉴 곳도 마땅치 않았다. 벤치도, 정자도 없는 길 위에서 우리는 가끔씩 바닥에 털썩 주저앉았다. 걷다 보니 한강이 보이고, 용산이 보이고, 그러다 어느새 강남을 지나 과천에 들어섰다. 서울을 벗어나 낙엽 흩날리는 조용한 길로 접어들었을 때야 비로소 걸어서 여행하고 있다는 실감이 났다.

당초 목표는 수원까지 가는 것이었지만, 겨울 해는 짧았고 어둠이 내려앉자 우리는 군포에 멈춰야 했다. 첫날 만보계를 확인하니 5만 보. 저녁을 허겁지겁 먹고 숙소에 도착하자마자 기절하듯 쓰러져 잠들었다. 몸은 피곤했지만, 오랜만에 살아있는 기분을 느꼈다. 다음 날에는 수원에서 오산으로 향하며 고등학교 시절 수없이 지나쳤던 수원역 앞을, 처음으로 걸으며 지나갔다. 이렇게 낯익은 장소도 시선의 높이를 바꾸면 전혀 다르게 보였다. 10년을 살면서 한 번도 걸어본 적 없는 거리를, 이제야 처음 걷는다니. 과거의 기억과 현재의 발걸음이 오버랩되는 순간이었다.

둘째날 화성시에 접어들었을 때 지나간 경로당에서는 정장을 차려입은 멋쟁이 어르신이 우리를 안으로 초대해 주셨다. 코로나 이후 외부인을 거의 보지 못하셨다며, 어르신들은 우리가 들어서자 반가움 가득한 눈빛으로 이런저런 간식을 건네주셨다.

셋째 날에는 드디어 경기도를 넘어 충청도로 진입했다. 걷기의 고비는 언제나 3일 차라고 하더니, 정말 그랬다. 체력적으로 큰 벽에 부딪혔고, 발걸음은 더욱더 느려졌다. 그래도 계속 걸을 힘을 주는 작지만 강한 위로를 만났다. 정자 앞에 앉아있으면 누군가 다가와 따뜻한 말을 건네고, 편의점에 들르면 사장님이 삶은 계란이나 음료 하나라도 더 챙겨주었다. 피곤한 몸을 일으킬 수 있었던 건, 그 소소한 친절 덕분이었다.

경기 남부를 지나며 우리나라 1호선 철도를 수차례 마주쳤고, 평택에 들어서자 시야 끝까지 이어지는 갈대밭이 펼쳐졌다. 걷는 내내 한국이라는 나라가 얼마나 다양한 풍경을 품고 있는지, 도시마다 풍기는 색채가 얼마나 다른지를 새삼 깨달았다. 하루하루가 고된 여정이었지만, 이 여정이 끝나면 어떤 풍경이 기다릴지, 어떤 감정이 나를 덮칠지 알 수 없었다. 하지만 분명한 건, 매일 걷는 이 길이 단순한 트레킹이 아니라 나를 회복시키는 과정이라는 것이었다. 국토대장정은 단지 지도를 따라 이동하는 것이 아니라, 나 자신과 과거를 돌아보고, 지금 이 순간을 살아있게 만드는 경험 그 자체였다.

발걸음을 지탱해 준
인연과 마음

넷째 날엔 지도에 없는 산길을 넘어 세종시에 도착했다. 도시에 들어서기 위한 마지막 오르막은 가팔랐고, 산속에서 휴대폰 신호도 끊겼다. 찾아둔 숙소마저 논밭 한가운데 덩그러니 놓인 작은 모텔이었다. 다행히 문은 열려 있었고, 피로에 지친 몸을 침대에 눕히는 순간 깊은 안도감이 밀려왔다.

이후로 걷는 길은 본격적으로 도심을 벗어났다는 느낌을 주었다. 큰 도시보다 면 단위의 작은 마을을 자주 지나게 되었고, 걸으면 걸을수록 풍경은 더 조용하고, 더 낯설어졌다. 도로 옆엔 공사 중인 구간이 많았고, 오래된 폐가가 눈에 띄었다. 가끔은 사람이 살고 있는지조차 가늠하기 어려운 마을을 지났다. 쓰러진 표지판, 문 닫힌 경로당, 적막감마저 감도는 골목길까지. 지방 인구 소멸이라는 말이 단지 숫자가 아니라는 걸, 나는 매일 걸으며 실감했다.

특히 공주시로 향하는 길은 유독 풀숲과 들판만 이어져 건물 하나 보기 어려웠고, 그만큼 화장실조차 간절했다. 첫 번째로 마주친 교회는 팬데믹 여파로 외부인 출입을 제한하고 있었고, 한참을 더 걷다 만난 고깃집 사장님이 흔쾌히 화장실을 내어 주셨다. 그렇게 작은 배려 하나가 걷는 이에게는 얼마나 큰 위로가 되는지, 걷기 전에는 미처 알지 못했다.

어떤 날은 단 한 사람도 만나지 못했지만, 또 어떤 날은 짧은 만남이 하루를 통째로 바꿔놓기도 했다. 어르신이 건넨 간식 한 봉지, 편의점 주인의 따뜻한 한마디, 낯선 이의 미소 하나가 낙담한 마음을 일으켜 세우는 마법 같은 힘을 가졌다. 어느 마을에서는 한 할머니가 "오늘 여기서 자고 가"라며 손짓하셨다. 따뜻한 초대였지만, 일정상 정중히 거절할 수밖에 없었지만 진심 어린 마음이 준 온기는 그날 밤까지 남았다. 유독 힘든 오르막길을 만났던 날, 외국에서는 자주 해봤지만 한국에서는 큰 기대를 하지 않았던 히치하이킹 시도도 생각보다 빠르게 성공했다. 목적지까지 태워주겠다는 제안에 우리는 감사한 마음을 전하면서도 "고개까지만 태워주세요."라며 정중히 사양했다. 비록 짧은 거리였지만, 그의 친절 덕분에 예정 시간보다 한참 이르게 시내에 도착할 수 있었다.

그렇게 걷다 보니 전라도로 접어드는 시점이었다. 도시 간 풍경이 이렇게까지 달라질 수 있나 싶을 정도로, 사소한 것 하나하나가 조금씩 달랐다. 간판의 글씨체부터 사람들의 말투, 음식의 맛까지. 서울부터 내려오며 조금씩 변해가는 풍경 속에서, 이 작은 나라가 참 다채롭다는 감탄을 자주 했다. 점점 더 시골로 향하자 화려한 네온사인도, 복잡한 도심의 소음도 하나둘씩 멀어지고, 그 자리를 동네 경로당에서 반겨주는 어르신들과 낡은 다방, 그리고 마을에 하나쯤 덩그러니 자리 잡은 오래된 여관이 대신 채워나갔다. 도심의 익숙함 속에 살던 이에게는 생경한 풍경이었다. 평소 같았으면 차로 몇 시간이면 훌쩍 지나쳤을 거리를 우리는 발로 걸으며 보고, 듣고, 느꼈다.

서울에서 태어나 도시의 질서 있는 구조와 빠른 흐름 속에서 살아온 나에게 시골이라는 공간은 막연한 호기심의 대상이기도 했다. 그래서 국토대장정을 준비하며 은근히 기대했던 것 중 하나가 바로 시골 다방에서 쌍화차를 마셔보는 일이었다. 몇 날 며칠을 걷는 동안 길가에 드문드문 보이던 다방들은 오래된 영화 속처럼 신비롭고도 수상해 보였다. 이상한 소문을 들은 적도 있어서 선뜻 문을 열 용기가 나지 않았지만 딱 한 번 용기를 냈다.

한적한 시골 마을 한쪽, 유리문 너머로 보이는 빨간 커튼이 인상적인 다방 문을 열자, 먼저 맞아준 건 담배 냄새였다. 그리고 붉은 립스틱을 짙게 바른 사장님의 밝은 미소가 뒤따랐다. 쌍화차 마셔보고 싶어서 왔다는 말에 "노른자는 터트리지 말고 숟가락으로 떠먹는 거예요."라고 설명해 주셨다. 그렇게 처음 맛보는 쌍화차는, 따뜻하고 생소한 맛이었다. 다방 특유의 정취와 사장님의 다정한 설명 덕분에, 그 공간은 생각보다 훨씬 부드럽고 따뜻하게 다가왔다.

이상하게도, 이런 낯선 공간에서의 순간은 쉽게 잊히지 않는다. 하루는 낡은 간판이 걸린 오래된 시골 여관에서 숙박하기도 했다. 외관부터 허름했지만 내부는 더 놀라웠다. 벽지에는 오래된 담배 냄새가 스며 있었고, 창문은 작은 틈도 없이 가려져 있었다. 가장 불안했던 건 방에 열쇠가 없다는 사실이었다. 카메라로 다 찍히니까 안심하라는 말을 들어도 불안했다. 그럼에도 불구하고 몸을 바닥에 누이자마자 피로가 몰려왔다. 잠시 누웠을 뿐인데 몸이 스르르 풀리면서 긴장이 해소됐다.

느리게 짚어 내리는 우리나라 곳곳에는 흥미로운 장소가 많았고, 그 중에는 우연히 발견한 석궁장도 있었다. 처음엔 창고인 줄 알았다. 잠시 테이블에 앉아 쉬고 있었는데, 안에서 우리를 본 어르신이 안으로 초대해 주셨다. 어르신은 갑자기 나타난 서울 청년들을 이상하게 생각하면서도 친절하게 커피를 내어 주시고, 석궁의 원리와 제작 과정까지 설명해 주셨다. 우리는 얼떨결에 석궁을 만드는 공간과 활 쏘는 모습도 볼 수 있었다. 석궁을 떠난 화살이 바람을 가르며 날아가는 소리는 우리가 상상했던 것보다 훨씬 더 묵직하고 짜릿했다.

여러 신기한 경험도 많았지만 국토종주에서 가장 크게 남
은 건 사람들의 따뜻함이었다. 누구에게도 요구하지 않았
지만, 매일같이 예상치 못한 도움과 응원을 받았다. 누군가
가방에서 삶은 계란을 꺼내 건네주기도 했고, 편의점에서
는 얼음물을 하나 더 챙겨주기도 했다. 걸을수록 그 따뜻
한 마음들이 켜켜이 쌓여갔다. 그리고 SNS를 통해 이 여
정을 보고 있던 지인들과 유튜브 구독자들은 기프티콘과
응원의 메시지를 보내며 우리에게 에너지를 전했다. 받은
기프티콘으로는 시골 마을 편의점에서 삼각김밥을 사기도
했고, 빵집에서 따뜻한 빵을 사기도 했다.

매일 5만 보 이상 걷다 보니 체력은 바닥을 치곤 했지만,
그만큼 잠도 깊게 잤다. 낯선 여관이나 오래된 모텔에서
묵을 때도 있었지만, 하루의 끝에 몸을 눕히는 순간만큼
은 언제나 평안했다. 특히 도시를 벗어난 이후로는 걱정보
다는 감사한 마음이 더 컸다. 내일도 걸을 수 있다는 사실,
발이 아직 버텨주고 있다는 것, 누군가 내 이야기를 응원
하고 있다는 그 마음들이 힘이 됐다. 걷지 않았다면 결코
마주할 수 없었을 낯선 인연과 장면이 주는 울림은 멀리
서 여행하는 것과는 또 다른 깊이를 지닌다. 이 여정에서

가장 인상 깊었던 건, 결국 사람이다. 걷는 동안 내가 느꼈던 모든 불편함과 불안함은, 사람들의 마음으로 덮어지고 치유되었다. 도보 여행은 발로 하는 일이지만, 그 길을 끝까지 가게 해 주는 건 결국 마음이었다. 그리고 그 마음은, 길 위에서 만난 수많은 이들과의 따뜻한 인연 덕분에 계속해서 앞으로 나아갈 수 있었다.

동행하면 용기 백 배

어느덧 국토대장정 14일차에 접어들었다. 하루 평균 25킬로미터를 걷던 일정이었지만, 이날은 20킬로미터도 되지 않는 비교적 짧은 구간이라 마음에 여유가 생겼다. 늦잠을 자고 느긋하게 출발한 아침, 전라도 땅에 발을 들이는 순간 서울에서 내려오며 조금씩 변하던 풍경이 한층 또렷해졌다. 간판의 글씨체가 동글동글해지고, 사람들의 말투와 음식점 메뉴도 달라졌다. 걸어서 여행하지 않았다면 놓치고 지나갔을 차이를 두 발로 확인하며, '우리나라는 어디나 똑같다'는 편견이 쉽게 깨져나갔다. 오히려 도시마다 색깔이 분명했고, 나는 그 사실을 직접 걸으며 배워나갔다.

드디어 전라도에 들어섰다.

그날은 시골길을 따라 걷는 여정이었다. 한 시간 넘게 걷는 동안 사람을 한 명도 마주치지 못했지만, 오히려 그 고요함이 좋았다. 가끔씩 마주치는 낡은 버스 정류장이나 오래된 간판들이 레트로한 감성을 자극했고, 먼지가 내려앉은 채 조용히 시간을 견뎌내고 있는 마을들은 왠지 모르게 마음을 따뜻하게 만들었다.

그렇게 한적한 들판과 평야를 지나던 중, 저 멀리 산세가 빽빽해지기 시작했다. 드디어 해남이 가까워졌다는 신호다. 발걸음이 저절로 빨라진다. 그런데 산길이 가까워질수록 뭔가 이상했다. 길은 점점 좁아지고, 거미줄이 처진 폐가들이 늘어선다. 지도를 보며 국도를 따라 걷다가 시골길로 빠지는 루트를 택한 것이었는데, 거미줄이 처진 집들이며 잡초가 우거진 골목을 보니 이곳은 사람이 떠난 지 오래된 마을 같았다. 처음엔 그저 낯선 풍경이라 생각했지만, 곧 불길한 예감이 들기 시작했다.

마을을 빠져나와 지하도를 지나던 중 다행히 한 아주머니를 만났다. 아주머니는 따뜻한 말투로 밥은 잘 챙겨 먹어야 한다며, 절대 샛길로 가지 말고 차도를 따라가라고 거듭 당부했다. 평소 같았으면 그 말을 따랐겠지만, 그날은 마음이 느슨해져 있었다. 지도에 길이 표시되어 있으니 괜찮을 거라는 안일한 믿음도 있었다. 결국 그 안일함이 우리를 예상치 못한 모험으로 이끌었다.

샛길로 접어들수록 세상과 단절되는 기분이 강해졌다. 휴대전화 신호는 사라졌고, 되돌아가기엔 너무 멀리 와 있었다. 길 끝에는 녹슨 표지판이 붙은 채 굳게 닫힌 '갈재 터널'이 나타났다. 오래전 기차가 지나던 폐선의 흔적이었다. 더 이상 나아갈 수 없다는 표시 앞에서 발걸음을 멈추는데, 마침 가스공사 직원 두 명이 점검차 터널에 도착했다. 그들에게서 터널 위로 이어지는 탐방로가 있다는 소식을 들었다. 되돌아가지 않아도 된다는 안도감에 잠시 기뻤지만, 오랫동안 방치된 길은 낙엽이 수북했고, 나무계단은 썩어 무너져 있었다. 돌부리와 꺾인 가지에 발을 헛디딜까 긴장하며 조심스레 나아갔다. 무엇보다 두려웠던 것은 길이 끊겨 버리는 상황이었다. 실제로 방향이 애매한 지점이 여러 번 있었고, 그때마다 시간을 허비했다. 늦은 출발 탓에 해가 지기 시작하자 마음은 점점 조급해졌다.

다행히 산 곳곳에 오래된 표지판이 남아 있었다. 나중에 알게 된 사실이지만, 예전 한 기업이 대학생 국토대장정 프로그램을 진행하며 만든 길이었다. 낯설고 위태로운 산길 5킬로미터를 지나 마침내 자동차 소리가 들렸을 때, 우리는 동시에 안도의 탄성을 내질렀다. 서로를 바라보며 고개를 끄덕이는 순간, 같은 생각이 스쳐갔다. 둘 중 한 명이라도 다쳤다면 어땠을까. 다리가 후들거렸지만, 전라남도의 첫 마을에 닿았을 때 마음만은 가벼웠다.

돌이켜보면 국토대장정 중 가장 위태롭고 긴박했던 순간이었다. 그 경험을 통해 새삼 느낀 건 바로 동행의 힘이다. 혼자였다면 산에 들어서는 순간부터 극도의 불안감에 사로잡혔을 것이다. 하지만 친구와 함께였기에 우리는 서로의 감정을 공유하며, 서로의 말에 힘을 얻고 끝까지 걸어갈 수 있었다. 의견이 다를 때도 있었고, 사소한 말다툼도 있었지만, 결국 함께 걷는다는 사실이 주는 안정감은 무엇과도 바꿀 수 없었다.

동행은 단지 길을 함께 걷는 것이 아니다. 함께 같은 풍경을 보고, 같은 공기를 마시며, 같은 추억을 쌓는 것이다. 그리고 위기 상황에서도 누군가 곁에 있다는 것만으로도, 그 순간이 훨씬 덜 외롭고 훨씬 더 견딜 만해진다. 말없이 나란히 걷는 시간 속에서 우리는 서로의 리듬을 배워갔다. 피곤해 말이 없어질 때도, 가끔 주고받는 눈빛 하나만으로 충분히 마음이 통했다. 체력이 바닥난 날엔 짐을 조금 나눠 들기도 했고, 저녁엔 서로의 발에 난 상처를 보며 고생한 하루를 토닥였다. 국토대장정은 결국 땅을 밟는 여정이 아니라 사람과 마음을 만나는 여정이라는 걸, 나는 그날 비로소 진심으로 이해하게 되었다.

끝은 다시 새로운 시작이다

16일간의 국토대장정을 마치고 드디어 해남 땅끝마을에 도착했다. 수평선 너머로 흩어지는 해무와 발아래 펼쳐진 바다를 바라보는 순간, 기쁨과 아쉬움이 뒤섞인 감정이 한꺼번에 밀려왔다. 도착의 환희와 끝이라는 허전함, 그 중간 어딘가에서 한동안 멍하니 서 있었다. 이곳은 단순히 한반도의 남쪽 끝이 아니라, 내 안에 쌓여온 모든 시간과 발걸음이 모여든 지점이었다.

땅끝마을에 도착하던 날 아침, 우리는 별다른 말 없이 숙소를 나섰다. 평소보다 훨씬 느린 걸음이었다. 도착이 가까워질수록 우리 둘 다 어서 도착하고 싶으면서도 도착하고 싶지 않은 모순된 마음을 느꼈던 것 같다. 그리고 마침내, 해남 땅끝전망대에 도착해 바다를 마주했을 때, 우리는 서로를 바라봤다. 웃었고, 고개를 끄덕였으며, 눈물이 날 것 같았다. 그 순간만큼은 어떤 언어도 필요 없었다. 우리는 같은 길을 걸어 같은 바다 앞에 서 있었고, 그것이면 충분했다.

국토대장정은 단지 지도를 따라 북에서 남으로 걷는 여정이 아니었다. 그것은 나 자신을 다시 만나는 시간이었다. 걷는 동안 나는 나의 강함과 약함, 인내심과 나약함, 그리고 타인에 대한 신뢰를 다시 확인할 수 있었다. 매일 새롭게 마주하는 길 위에서 나는 예측 불가능한 것들을 받아들이고, 그 안에서 의미를 찾는 법을 배웠다.

서울을 떠날 때만 해도 이 길이 어떤 여정이 될지 알 수 없었다. '한 번쯤 내 두 발로 이 땅을 걸어보고 싶다'는 단순한 바람으로 시작된 길. 하지만 걷는다는 행위는 생각보다 훨씬 많은 인내와 고독, 그리고 감정을 요구했다. 하루 30킬로미터 넘게 걸은 날도 있었고, 비에 젖은 채 숙소를 찾지 못해 발을 동동 구르던 날도 있었다. 그럼에도 마을

사람의 따뜻한 인사 한마디에 마음이 뭉클했고, 예기치 못
한 도움의 손길에 세상이 아직 따뜻하다는 것을 새삼 느끼
기도 했다.

미슐랭 스타보다 값졌던 경로당에서의 든든한 식사를 마치고.

길 위에서 만난 사람들도 오래도록 기억에 남는다. 물을
건네준 아주머니, 아무 조건 없이 안으로 들어오라던 시
골 주민, 수고한다는 한마디로 용기를 북돋아 준 행인 등
이 여정에서 나는 도움을 받는 법을 배웠고, 그 도움을 있
는 그대로 감사히 받아들이는 마음도 배웠다. 혼자서는 절

대 이 길을 끝까지 완주할 수 없었을 것이다. 돌아보면, 국토대장정의 가장 큰 의미는 함께라는 단어에 있었다. 함께 걸어준 친구, 우연히 만난 사람들, 그리고 내 두 발과 심장을 지탱해 준 나 자신까지. 땅끝에 다다랐지만, 내 마음엔 끝이 아닌 새로운 시작이 자리 잡았다. 우리나라 땅의 끝이라 불리는 이곳에서, 나는 무언가를 시작할 수 있겠다는 든든한 용기를 얻었다.

659,668걸음, 16 days, 430킬로미터. 걸어서 땅끝마을에 도착하다.

첫 캠핑에 도전하다

국토대장정을 마친 뒤, 나는 걷는 삶이 주는 몰입과 사색의 힘을 알게 되었다. 길 위에서 만난 사람들의 따뜻함은 내가 계속 여행자로 살아가고 싶다는 확신을 심어주었다. 그러나 세상은 여전히 멈춰 있었다. 팬데믹은 단순히 국경을 닫는 데 그치지 않았다. 사람과의 연결을 끊어놓았고, 낯선 곳을 향한 설렘조차 품기 어려운 분위기를 만들었다. 비행기를 타고 대륙을 건너던 여행은 불가능해졌고, 국내에서도 사람을 마주하는 일이 조심스러워졌다. 하지만 나는 여전히 움직이고 싶었다. 여행은 단순한 장소의 이동이 아니라 내 삶의 방식이었기 때문이다.

그때 캠핑이 떠올랐다. 도시와 거리를 두고, 사람과는 거리를 두더라도 자연과는 멀어지지 않는 방법이었다. 국토종주를 하며 하루종일 자연 속을 걸었던 기억이 나를 새로운 형태의 여행으로 이끌었다. 바람이 지나가는 소리, 발아래 깔리는 흙과 잎사귀의 촉감, 그리고 별이 뜬 밤하늘 아래 텐트를 치고 하룻밤을 보내는 상상. 그런 조용한 움직임이 느끼고 싶어서 생애 첫 캠핑을 준비하기 시작했다.

처음 찾은 곳은 창고형 캠핑용품 매장이었다. 그곳에서 캠핑이 단순한 취미가 아니라 하나의 세계임을 깨달았다. 텐트만 해도 수십 가지가 넘었고, 용도에 따라 1인용, 2인용, 패밀리용, 돔형, 터널형 등 형태가 다양했다. 매트, 침낭, 버너, 테이블, 조명, 쿨러까지 끝도 없는 장비들. 더구나 나는 차가 없는 '뚜벅이 여행자'였다. 모든 짐을 짊어지고 이동해야 하니, 초경량 장비는 필수였다. 그러나 가볍고 효율적인 장비일수록 비쌌다. 적당히 저렴한 제품을 사서 무겁게 다닐 수도 있었지만, 그건 내가 원하는 방식이 아니었다. 나는 자유롭고 싶었고, 짐의 무게에 발목 잡히고 싶지 않았다.

그래서 유튜브로 '백패킹 입문'을 검색하며 하루가 멀다 하고 캠퍼들의 리뷰와 설치 영상을 찾아봤다. 텐트 설치 시간, 내풍성, 매트의 압축성, 침낭의 보온력까지 세세히 비교했다. 그러다 보니 캠핑을 떠나기도 전에 머릿속은 이미 텐트와 장비들로 가득 차 있었다.

마침내 약 70만 원을 들여 기본 장비를 마련했다. 초경량 1인용 터널형 텐트, 영하 5도까지 견디는 다운 침낭, 에어매트, 손바닥만 한 버너와 티타늄 코펠, 접이식 체어까지. 무게와 부피, 성능을 고려해 '뚜벅이 캠핑러'에 맞는 구성을 완성했다.

장비가 도착하자마자 거실 한가운데 텐트를 펼쳤다. 그런데 설치는 생각보다 까다로웠다. 폴대 방향을 잘못 잡아 다시 해체하기도 하고, 설명서를 보며 한참을 씨름했다. 한 시간이 지나 겨우 완성했을 때, 마치 세계여행 첫날 배낭을 꾸리던 때의 감정이 되살아났다. 낯설고 서툴지만 그 안에서만 느낄 수 있는 묘한 설렘이 다시 느껴졌다. 침낭에 누워보기도 하고, 버너에 물을 끓여보며 조작법을 익혔다. 작은 LED 조명을 켜고 거실 불을 끈 채 텐트 안에 앉아 있자, 마치 이미 어딘가로 떠나 있는 듯했다. 비록 창밖엔 도시의 풍경이 펼쳐져 있었지만, 내 마음속은 벌써 들판 한가운데로 향해 있었다.

드디어 떠날 준비가 되어 있었다. 국토종주로 몸과 마음이 길들어진 지금, 캠핑은 내게 또 다른 도전이자 확장이었다. 자연과 마주 앉아 조용히 하루를 보내는 법, 불편함 속에서 스스로를 돌보는 법, 그리고 혼자서도 충만한 시간을 만드는 법을 배워보고 싶었다. 세상이 멈춰도, 내 발걸음은 계속될 수 있었다. 팬데믹은 여행의 형식을 바꿔놓았을 뿐, 여행을 향한 내 마음까지 멈춰 세울 순 없으니까. 여행자라는 정체성은 결국 어디까지 가 봤는지보다 어떻게 살아가고 있는지의 문제였다. 그리고 나는 지금, 가장 나다운 방식으로 그 길을 이어가고 있었다.

인생 첫 캠핑지는 서울 근교 노고산이었다. 백패킹 자체가 처음이라 경험 많은 친구와 함께였다. 노고산은 높지 않았지만, 짐을 짊어진 채 오르는 길은 결코 가볍지 않았다. 어깨를 짓누르는 배낭, 계단마다 더해지는 중력의 무게. 문득 히말라야 트레킹 때의 기억이 떠올랐다. 높이가 아니라 '짐을 지고 오른다'는 행위 자체가 온몸의 집중을 요구한다는 걸 새삼 느꼈다.

산 중턱에서 시작된 빗줄기는 오히려 반가웠다. 나뭇잎 위로 떨어지는 빗방울, 흙냄새와 함께 피어오르는 수증기, 멀리서 들려오는 새소리까지. 도시에서는 들을 수 없던 자연의 사운드 트랙이 귓가를 감쌌다. 주말이라 그런지 우리처럼 배낭을 멘 사람들이 제법 보였다. 모두가 비를 맞으며 묵묵히 자신의 속도로 걸어 올라가는 모습이 인상적이었다.

어설픈 텐트 설치 작업을 지켜보던 옆자리 백패커가 조용히 망치를 건네주었다. 그 작은 친절이 고마웠다. 캠핑은 혼자 하는 활동 같지만, 그 안에는 이런 소소한 연결과 배려가 스며있다는 걸 배웠다. 함께 온 친구가 꺼내 보이는 장비는 하나하나가 모두 신기했다. 초경량 테이블, 매트용 펌프, 발열제가 들어간 조리 키트까지. 물만 부으면 저절로 뜨거워지는 라면을 호호 불어가며 먹고, 위스키 한 모금으로 몸을 데우는 맛이 특별했다. 비 내리는 산속, 텐트 옆에서 마시는 따끈한 국물과 술 한 잔의 조화는 상상했던 것보다 훨씬 깊은 여운을 남겼다.

산속의 밤은 도시보다 빨리 찾아왔다. 할 일이 줄어들고 혼자 있는 시간이 늘어나자, 고요함의 무게를 온몸으로 느꼈다. 술기운에 노곤해진 몸을 이끌고 텐트 안으로 들어가니 빗소리가 더욱 선명해졌다. 그 소리를 자장가 삼아 잠든 첫 캠핑의 밤은 그렇게 깊어갔다.

아침에도 비는 계속되었다. 일출을 기대했지만 구름과 안개가 시야를 가렸다. 비가 잠시 그친 틈을 타 서둘러 짐을 챙기고 하산길에 올랐다. 시행착오투성이였지만, 그만큼 배움도 많았던 첫 경험이었다. 캠핑은 생각보다 고요했고, 불편했고, 어쩌면 그래서 더 깊었다.

며칠 뒤, 두 번째 캠핑은 다소 충동적으로 이뤄졌다. 문득 바다가 보고 싶어 기차를 타고 강릉으로 향했다. 이번에는 산이 아니라 바다였다. 무거운 배낭을 메고 오르막을 오르지 않아도 된다는 점에서 훨씬 수월했다. 무엇보다 날씨가 쾌청했다. 겨울 바람은 차가웠지만, 맑은 하늘 아래 펼쳐진 동해 바다는 한 폭의 그림처럼 아름다웠다.

이번엔 유료 캠핑장을 이용했다. 샤워실과 화장실, 공용 공간까지 잘 갖춰져 있어 한결 여유로웠다. 혼자 장비를 펼치고 설치하는 데 시간이 걸렸지만, 그래서 더 꼼꼼히 익히며 나만의 리듬을 찾아갔다. 캠핑장에 도착하기 전 들른 마트에서 저녁거리를 사왔고, 혹시 모를 시간을 위해 책 한 권도 챙겼다.

해가 지기 전 바다를 따라 산책했다. 밀려왔다 밀려가는 파도, 붉게 물드는 수평선, 차가운 겨울바람. 걷는 동안 마음은 한없이 평화로웠고, 낯설지 않은 풍경 속에서 여행자의 감각이 다시 깨어났다. 저녁에는 작은 버너 위에 냄비를 올려 찌개를 끓였다. 익숙한 냄새가 코끝을 자극했고, 따뜻한 국물은 추위를 이겨내는 최고의 연료가 되었다. 밤은 길었지만, 책을 읽다 보니 어느새 잠이 찾아왔다. 주변은 고요했고, 별빛은 희미했지만 마음은 충만했다.

캠핑을 하면 아침에 일찍 눈이 떠진다. 일출 시간을 확인해두고 바닷가에 앉아 해가 떠오르는 장면을 지켜보았다. 새소리, 파도 소리, 바람 소리. 세상이 깨어나는 소리가 귓가를 울렸다. 간단히 요가로 몸을 풀고 커피 한 잔을 마셨다. 텐트를 접고 배낭을 메니, 또 하나의 여행이 끝났다는 실감이 들었다.

기차를 타고 집으로 돌아가는 길, 창밖 풍경을 멍하니 바라보며 문득 이런 생각이 들었다. '이 텐트를 메고 해외로 떠나면 어떨까.' 이제는 어디서든 스스로의 방식을 찾아 하루를 설계할 수 있으니. 캠핑은 단지 머무는 방식이 아니라, 내 삶을 다시 짜는 또 다른 여행이었다. 그리고 그 여행은 이제 막 시작되었을 뿐이다.

바퀴 달린 침실, 차박

캠핑에서 가장 불편했던 건, 바로 이동의 제약이었다. 당시 나는 차가 없는 여행자였으니까. 기차나 버스를 타고 이동한 뒤, 짐을 짊어지고 다시 한참을 걸어야 했고, 무게를 줄이기 위해 짐 하나하나를 신중하게 골라야 했다. 만약 차가 있다면 캠핑의 범위가 얼마나 넓어질지 궁금했다. 그런 상상이 현실이 된 건, 예상하지 못한 곳에서였다. 현대자동차에서 20~30대를 대상으로 캠핑 및 콘텐츠 활동을 주제로 한 서포터즈를 모집한 것이다. 콘텐츠 제작이라는 미션은 내게 어려운 일이 아니었다. 나는 이미 여행을 기록하고 나누는 사람이었으니까. 다행히도 내가 신청한 SUV 차종에 당첨되었다. 차량이 생기자 이동의 제약은 사라졌고,

짐을 줄이기 위해 고민하던 시간도 줄어들었다. 목적지만 정하면, 언제든지 내 방식대로 움직이고 멈출 수 있었다. 여행 방식이 한층 더 유연해졌다.

첫 차박 캠핑지는 충주의 수주팔봉이었다. 백패커들 사이에서 이미 유명한 곳이기도 했다. 캠핑을 위해 운전대를 잡고, 도로를 따라 자연을 향해 달리는 그 기분은 말로 설명하기 어려울 정도로 자유로웠다. 도착하고서는 SUV의 뒷좌석을 접고 에어매트를 깔자 금세 아늑한 침실 완성! 트렁크 앞에는 캠핑용 의자와 테이블을 펼치고, 작은 조명과 담요를 꺼내니 마치 잡지에서 보던 캠핑 세트처럼 그럴싸한 공간이 되었다. 무게에서 자유롭고 공간의 제약이 없으니 더 좋은 음식을 가져갈 수 있었고, 분위기를 위한 작은 소품들까지도 여유롭게 챙길 수 있었다. 캠핑이 생존이 아니라, 살아가는 방식으로 느껴지기 시작했다.

이후로 매주 차를 몰고 캠핑지를 찾아 나섰다. 가까운 한강 주차장에서 조용히 하루를 보내는 스텔스 차박도 해보고, 시간이 날 때는 사람들이 적은 지방으로 훌쩍 떠나보기도 했다. 도시의 빛을 등지고, 조용한 국도 위를 달려 나만의 공간을 만드는 일은 점점 습관이 되어 갔다.

수도권 근교는 이미 캠핑 인파로 붐비고 있었기에, 나는 늘 한적한 지방 캠핑지를 선호했다. 문경으로 향하는 길엔 벚꽃이 흐드러지게 피어 있었고, 그 아래를 지나며 나는 창문을 열고 봄바람을 만끽했다. 시골 마을 외곽의 조용한 공터에 도착해 차량을 세우고, 트렁크를 열면 이내 나만의 집이 되었다. 벚꽃잎이 흩날리는 풍경을 배경으로 조명을 달고, 테이블 위에 와인을 꺼내고, 미리 준비해 온 요리를 데웠다. 음악을 틀고 의자에 기대앉아 바라본 그 장면은, 어느 멀고 먼 나라에서의 노천 디너처럼 느껴졌다.

차박이 주는 진짜 매력은 어디서든 살 수 있다는 감각이었다. 와인잔을 꺼낼 수 있고, 향초를 켤 수 있고, 심지어 책 두 권 정도의 여유도 생겼다. 그런 느긋함은 내 마음까지도 정리해 주는 것 같았다. 언제든 차의 문을 열면, 그곳이 곧 나의 집이자 쉼터가 되는 경험은 내 삶을 훨씬 풍요롭게 만들어주었다. 앞으로 어떤 캠핑이 기다리고 있을지는 모르겠지만, 한 가지는 확실하다. 바퀴 위에서 나의 여행은 계속된다는 것, 그리고 그 여행은 점점 나다운 방향으로 단단히 나아가고 있다는 것이다.

차박의 즐거움에 빠진 나는 결국 더 긴 여정을 계획했다. 하룻밤의 체험이 아닌, 바퀴 위에서 살아보는 여행을 위해 대한민국에서 가장 아름답다는 해안도로, 7번 국도를 따라 일주일간의 차박 로드트립을 떠나기로 했다.

출발지는 포항이었다. 흐린 하늘에 굵은 빗방울이 차창을 두드렸지만 괜찮았다. 비 오는 날의 고요함도 여행의 낭만 이니까. 근처 마트에서 장을 보고, 저녁 메뉴로 포항 특산물인 가자미 물회를 포장했다. 바다가 보이는 공터에 차를 세우고 트렁크 문을 열자, 빗소리와 파도 소리가 겹쳐졌다. 물회를 한 입 떠먹고, 포항 해풍 막걸리를 홀짝이며 그 지역의 맛과 향을 곱씹었다. 국내 여행으로 생긴 나만의 취미는 지역 막걸리 컬렉션이었다. 도시마다 고유의 맛과 향이 담긴 막걸리는 그 지역을 오롯이 입안에서 느끼게 해 주었다.

다음 날은 울진으로 향했다. 창밖 가까이 바다가 붙어 달리는 7번 국도의 풍경은 숨이 막힐 만큼 아름다웠다. 그러나 예상치 못한 문제가 기다리고 있었다. 차에는 샤워 시설이 없었고, 찜질방을 이용하려 했지만 팬데믹 여파로 외부인을 받지 않는 곳이 많았다. 몇 번의 퇴짜 끝에 겨우 샤워를 하며, 깨끗하게 씻는 일이 얼마나 소중한지 새삼 느꼈다. 개운해진 뒤에는 울진 회센터에서 싱싱한 오징어 회를 포장해 차박지로 향했다. 고요함을 기대했던 캠핑장에는 단체 캠핑족들이 가득했고, 삼삼오오 모여 술을 마시며 밤을 보내고 있어 시끌벅적했다. 조용히 바다 소리를 들으며 하루를 마무리하려던 계획은 어긋났지만, 그들의 웃음소리와 기타 소리를 자장가 삼아 스르르 잠이 들었다.

아침이면 가장 좋아하는 순간을 맞이했다. 아침 햇살이 천천히 차 안으로 스며들면, 마치 고양이가 따뜻한 자리를 찾은 것처럼 이불 속에서 몸을 뭉그적거리다 트렁크 문을 연다. 스토브에 물을 올리고, 커피를 내려 바다를 바라보며 마시는 것이다. 매일 아침, 이 짧은 루틴이 하루의 방향을 정해 주는 느낌이었다.

길은 계속 이어졌다. 울진을 지나 삼척, 강릉, 동해 등 강원도 도시들이 줄지어 나타났고, 나는 여전히 즉흥적인 방식으로 하루를 설계했다. 그날 잘 곳은 그날 아침에 결정했고, 도로를 달리며 발견한 맛집에서 식사를 해결했다. 여행자의 본분을 잃지 않기 위해 동해의 카페에 들러 일기를 쓰기도 했고, 때론 그냥 아무런 목적 없이 바다를 바라보며 시간을 흘려보내기도 했다.

마지막 캠핑지는 평창 육백마지기로 정했다. 별 보기를 좋아하는 나에게는 꼭 맞는 장소였다. 구불구불한 산길을 오르며 우리나라의 70%가 산이라는 사실을 실감했다. 해발이 높아질수록 엔진 소리도 무거워졌고, 마침내 정상에 도착했을 땐 강풍과 황사가 기다리고 있었다. 차 안에서 조용히 음악을 틀고 남은 막걸리를 마시며 바람을 듣고 있자, 한순간 하늘이 열렸다. 바람이 황사를 걷어낸 자리에 별이 쏟아졌다. 도시에서는 결코 볼 수 없는 수많은 별. 나는 그 순간, 이 모든 여정이 어쩌면 별 하나 보기 위해 존재했다는 생각을 할 정도의 아름다움이었다.

다음 날, 바람은 여전히 거셌지만 하늘은 훨씬 맑았다. 나는 근처 풍경을 천천히 둘러보고, 천천히 하산했다. 길 위에서 잠들고, 일어나고, 밥을 먹고, 삶을 구성했던 시간들이 나와 그 길을 함께했다. 이 여행이 내게 남긴 건 단순한 추억이 아니라, 삶을 다시 설계할 수 있다는 감각이었다. 언젠가 해외에서도 이런 식의 여행을 해 보고 싶다는 생각이 들었다. 더 큰 차, 더 넓은 도로, 더 먼 거리까지. 하지만 중요하게 생각하는 핵심은 언제나 같다. 어디서든 나만의 공간을 만들고, 나답게 하루를 살아가는 것이다.

영덕에서의 한 달 살이

팬데믹으로 하늘길이 막힌 지도 1년. 나는 여전히 여행을 원했지만, 떠날 수 없었다. 그러나 다시 길 위에 서지 않으면 나 자신을 잃어버릴 것 같았다. 3차 백신을 맞은 뒤, 가을에는 무슨 수를 써서라도 출국하자고 다짐하고, 조용한 시골 마을에서 충분히 휴식하기로 했다. 내가 선택한 곳은 경상북도 영덕군이었다. 동해의 조용한 해안 마을인 영덕은 푸른 바다와 바람이 머무는 곳이자 내게 있어서는 한국에서의 삶을 정리하고, 여행자로 돌아가기 위한 공간이 되어 주었다.

서울의 빠른 속도에 익숙했던 몸은 처음 며칠 동안 영덕에 적응하지 못했다. 버스는 하루에 몇 대뿐이고, 마트는 동네 하나에 하나 뿐이며, 식당도 많지 않았다. 하지만 불편함 때문에 더 많은 것을 '하지 않게' 되었고, 그 덕분에 삶의 속도를 되돌아볼 수 있었다. 아침이면 바닷가를 산책하고, 돌아오는 길에 마을 할머니들과 인사를 나누었다. 점심은 간단히 차려 먹고, 오후에는 책을 읽거나 영상을 편집했다. 저녁이 되면 바닷가에 돗자리를 깔고 앉아 해가 지는 것을 바라보았다.

단순하고 고요한 일상을 반복하며 비워가는 시간을 가지며 '다시 떠날 나'를 준비했다. 내가 왜 여행을 시작했는지, 그동안 무엇을 배웠는지, 다시 떠난다면 어떤 방식으로 살아가고 싶은지와 같은 질문들을 마주했다. 차분히 생각을 정리하자 이동하는 삶의 가능성에 용기를 낼 수 있었다. 한국에서 지내는 동안 쌓인 만남과 풍경, 가족과 친구와 함께한 순간들은 분명 따뜻하고 소중했다. 이제 나는 그것들을 품은 채 다시 길 위로 나아갈 준비가 되어 있었다.

이어서 나는 나만의 '떠날 준비' 리스트를 만들었다. 백신증명서와 항공권, 여행자 보험, PCR 검사소 위치 같은 실질적인 정보는 물론이고, 어떤 영상을 만들고 싶은지, 어떤 콘텐츠를 기록하고 싶은지에 대한 고민도 함께했다. 그 고민의 끝에 나는 프랑스로 향하는 항공권을 예약했다. 마음속에만 품고 있던 '산티아고 순례길'을 이번에는 정말 걷기로 결심한 것이다.

마음을 굳히고 나니 팬데믹 기간에 한 국토대장정과 백패킹, 차박 캠핑이 순례자로 나아가기 위한 준비처럼 느껴졌다. 체력도 마음도, 이전보다 단단해져 있었다. 무엇보다 나는 다시 걷고 싶었다. 천천히, 스스로를 밀어붙이며 풍경과 사람과 시간 속을 걸어가고 싶었다. 그리고 내가 원하는 삶인, 어느 곳에서든 나답게 하루를 살아가는 것을 행하고 싶었다.

영덕에서의 마지막 날, 이른 아침부터 나는 바닷가로 나갔다. 하늘과 바다가 만나는 수평선 위로 천천히 해가 떠오르는 모습을 지켜봤다. 동해의 일출은 언제나 묵직하고 단단하다. 찬 공기를 깊게 들이마시며 나는 마음속으로 작게 인사했다. 고맙다고, 나를 다시 여행자로 만들어 주어 감사하다고 말이다.

이후 서울로 돌아와 마지막 짐 정리를 마쳤다. 새로 발급받은 뒤 한 번도 사용하지 않고 책장에 놓아두었던 여권을 꺼내 손에 쥐었다. 다시 이 페이지들이 새롭게 채워질 것이다. 낯선 공항에 서고, 새로운 도시의 언어를 배우고, 모르는 길을 따라 걷고, 다시 또 멈추고 관찰하고 기록해나갈 것이다. 익숙하지 않기에 더 선명한, 그런 시간들 속에서 다시 살아갈 것이다. 나는 다시 길 위에 설 것이다.

한옥이 너무 예뻐서, 여기서 한달 사는 사람들이 세상 부러웠다.

버드모이의 Q & A 코너 ②

Q. 유튜브 활동을 시작하고 난 뒤, 여행하는 방식이 달라졌나요?

A. 처음에는 오롯이 제 눈으로 보고 경험하는 것이 여행의 전부였지만, 채널을 운영하면서는 '이 장면을 어떻게 기록하고 전할까'라는 고민이 자연스럽게 따라붙게 되었습니다. 그렇다고 여행이 영상에 끌려다니는 건 아니에요. 오히려 영상을 만드는 과정 덕분에 더 세심하게 풍경을 바라보고, 작은 순간에도 의미를 찾게 되었지요. 기록을 의식한다고 해서 여행이 덜 자유로워지는 건 아니었습니다. 오히려 제가 살아낸 시간을 다른 이와 나눌 수 있다는 점에서 여행의 깊이가 더해졌습니다.

Q. 여행 영상을 만들 때 가장 많이 신경 쓰는 부분은 무엇인가요?

A. 제가 영상을 만들 때 가장 신경 쓰는 건 '현장감'입니다. 화면을 보는 분들이 단순히 풍경을 감상하는 것이 아니라, 마치 그 자리에 함께 서 있는 듯한 느낌을 받을 수 있기를 바라거든요. 그래서 촬영할 때는 주변의 소리와 공기, 사람들의 움직임 같은 작은 요소들을 놓치지 않으려 합니다. 편집을 할 때도 지나치게 다듬기보다는 그 순간의 질감과

흐름을 최대한 살려두려 해요. 제게 여행 영상은 하나의 기록이자 공유이기 때문에, 무엇보다도 그 현장의 생생함이 가장 중요합니다.

Q. '이건 내 색깔'이라고 생각하는 버드모이표 영상만의 특징은 무엇인가요?

A. 제 영상은 화려한 연출보다 '현장에서의 생생함'을 담으려는 시도가 특징인 것 같습니다. 큰 사건보다 길 위의 사소한 에피소드, 현지인과의 짧은 대화, 낯선 도시의 소음 같은 것들을 중요하게 담습니다. 편그래서인지 제 채널을 오래 보신 분들은 "함께 여행하는 느낌이 든다"고 말씀해 주시곤 합니다.

Q. 촬영 장비는 어떤 기준으로 선택하고, 여행할 때 최소화하려면 어떻게 하나요?

A. 여행 유튜버에게 장비는 양날의 검과 같습니다. 성능이 좋은 장비일수록 무겁고 부피가 크기 때문에, 결국 어떤 영상을 만들고 싶은지에 따라 선택이 달라집니다. 저는 무엇보다 현장감을 중시하기 때문에 가볍고 휴대하기 좋은 액션캠을 주로 사용합니다. 이동이 많은 여행 속에서도

부담이 적고, 순간의 공기를 담아내기에 충분하기 때문입니다. 다만 최근에는 드론 촬영에도 관심이 생겨, 하늘에서 내려다본 또 다른 시선을 기록할 수 있을지 고민하고 있습니다.

Q. 여행지에서 촬영할 때 현지인 반응은 어떤 편인가요? 주의해야 할 점이 있다면?

A. 나라와 문화에 따라 다르지만, 대체로 호기심 어린 시선으로 지켜봐 주는 경우가 많습니다. 때로는 문화권에 다라 카메라에 담기는 걸 불편해하는 분들도 계시기에 그 문화를 이해하려고 노력합니다. 촬영을 한다고 해서 현지인의 일상을 방해하는 건 옳지 않다고 생각하거든요. 저는 기록 이전에 '여행자로서의 예의'를 지키는 것이 더 중요하다고 믿습니다.

Q. 유튜브 채널 운영을 하면서 가장 힘들었던 순간은 언제였나요?

A. 영상을 꾸준히 만들어내야 한다는 압박이 가장 힘들었던 것 같습니다. 여행과 편집을 병행하다 보면 체력적으로도 지치고, 때로는 노력대비 조회수가 기대만큼 나오지 않을 때 좌절하기도 합니다. 그래도 제 경험을 나누는 과정

자체가 기록되고 있다는 것에 의미가 있다고 생각해요. 또한 제 여정을 응원해 주는 구독자와의 소통에서 힘을 얻고, 다시 길 위로 나설 용기를 얻기도 합니다.

Q. 여행하면서 촬영과 여행의 균형을 어떻게 맞추나요?

A. 유튜브를 처음 시작했을 때는 직업으로까지 생각하지 않았기 때문에, 여행하다가 힘들면 촬영이나 편집을 미뤄두는 경우가 많았습니다. 하지만 점점 더 많은 분들이 영상을 찾아주면서부터는 이 일을 제 직업으로 받아들이고, 꾸준히 이어가야겠다는 책임감을 가지게 되었습니다.

여행하며 촬영하는 일은 이제 일상의 일부가 되어 크게 부담스럽지 않지만, 편집에는 많은 시간과 에너지가 필요합니다. 그래서 요즘은 주 1회 업로드를 목표로 삼고, 하루 두세 시간 정도 편집에 집중하는 것을 제 자신과의 약속처럼 지키려 합니다. 유튜버는 함께 일하는 동료도, 정해진 직장도 없는 만큼, 스스로 목표를 세우고 규칙을 지켜나가는 일이 무엇보다 중요하다는 걸 깨닫고 있습니다.

PART 3

다시 떠나기 위한 순례길

다시 길 위에 서는 기쁨

9월의 공기는 선선했고, 하늘은 높고 맑았다. 여름의 끝자락에서 가을로 넘어가는 문턱, 나는 두꺼운 배낭을 메고 공항에 들어섰다. 마음은 이미 멀리 떠나 있었다. 설렘이라는 감정이 이렇게까지 몸을 가볍게 만들 수 있을까. 비행기를 타는 것은 무려 2년 만이었다. 국경이 닫히고 하늘길이 멈춘 동안 수많은 계획은 미뤄졌고, 갈망은 꾹 눌러 담은 채 쌓여갔다. 그러니 이번 여행은 단순한 이동이 아니었다. 멈췄던 시계가 다시 돌아가기 시작한 순간이었다.

공항은 예전보다 한산했다. 사람들은 여전히 마스크를 쓰고 거리를 유지하려 애썼지만, 나는 들뜬 마음을 감출 수 없었다. 나도 다시 길 위에 설 수 있게 되었구나. 그 사실 하나만으로 가슴이 벅차올랐다. 비행을 마치고 프랑스에 도착했을 때는 마치 팬데믹이 끝난 듯했다. 공항을 빠져나오자마자 사람들은 마스크를 벗고 거리를 활보했고, 카페와 바는 이미 일상으로 돌아가 있었다. 어색함과 해방감이 교차했다. 나도 조심스레 마스크를 벗었다. 바람이 그대로 얼굴을 스쳤고, 그 순간 오랜만에 '자유'라는 단어가 온몸에 와 닿았다.

우선 며칠은 파리에 머물며 몽마르뜨 언덕을 오르고, 센 강변에 앉아 커피를 마셨다. 음악가들의 연주에 귀를 기울이고, 아무 계획 없이 시간을 흘려보내는 그 나른한 감각만으로도 충분했다. 하지만 내 진짜 여정은 이제 막 시작하려 하고 있었다.

기차를 타고 향한 곳은 프랑스 남부의 작은 마을, 생장피에드포르(Saint-Jean-Pied-de-Port). 산티아고 순례길의 출발지다. 팬데믹 동안 한국에서 국토대장정과 해파랑길, 섬 트레킹을 하며 '걷는 여행'에 매료되었던 나는, 자연스럽게 순례길에 마음이 닿았다. 한 달 넘게 걷는다는 두려움보다, 지금의 나에겐 그만큼 간절한 시간이 필요했다. 도시의 소음, 팬데믹의 답답함, 닫혀 있던 세상과 다시 연결되고 싶은 바람이 이 길 위에서 풀리기를 바랐다.

순례자 사무소 앞에는 전 세계에서 온 사람들이 배낭을 메고 모여 있었다. 모두 낯선 얼굴이지만 이상하게도 낯설지 않았다. 같은 길을 걷는다는 사실 하나로 공감대가 생겼기 때문일까. 사무소에서 받은 '순례자 여권'에는 앞으로 거쳐 갈 도시마다 도장을 찍을 수 있다. 마지막 산티아고에 도착했을 때, 이 여권은 여정의 성실히 마쳤다는 증거가 된다. 이곳에서 우연히 한국인도 만났다. 내 유튜브 채널 구독자라는 60대 남성이었고, 퇴직 후 혼자 길을 걷기 위해 오셨다고 했다. "여기서 만나게 될 줄은 정말 몰랐네요." 웃음 섞인 인사가 오래 기억에 남았다. 나이와 상관없이 새로운 도전을 선택하는 용기, 그 자체가 진짜 멋이었다. 이 길에 그런 사람들이 많고 그들과 함께 같은 길을 걷는다는 사실이 내 발걸음을 한층 든든하게 했다.

생각보다 순례자의 평균 연령은 높았다. 대부분 혼자 걷고 있었고, 누군가는 인생의 전환점을 위해, 누군가는 슬픔을 치유하기 위해 길에 올랐다고 했다. 서로의 이유는 달랐지만, 같은 길 위에서 함께 걷는다는 사실이 주는 힘은 특별했다. '혼자지만 외롭지 않다'는 말이 이토록 잘 어울리는 길은 없었다.

첫날 밤은 알베르게(Albergue)라 불리는 순례자 전용 숙소에서 보냈다. 다인실의 이층 침대에는 큰 배낭들이 올려져 있었고 벽에는 다국적 국기의 스티커들이 붙어 있었다. 마치 하루를 함께 멈춰 쉬는 작은 정류장 같았다. 내일이면 각자 다른 걸음을 내딛겠지만, 오늘만큼은 같은 지붕 아래에 머물면서 같은 시작을 준비하고 있었다.

잠들기 전, 침대에 누워 백팩 속 물건들을 다시 정리했다. 과연 한 달 넘는 여정을 완주할 수 있을까? 몸은 버텨줄까? 내일은 어떤 하루가 기다릴까? 불안과 기대가 교차했다. 하지만 한 가지는 분명했다. 나는 그토록 바랐던 길 위에 서 있다는 사실이었다.

밖에서는 벌써 밤공기가 차가워졌다. 창문을 통해 들어오는 바람이 어깨를 간질였다. 나는 두꺼운 침낭을 덮고, 천

볼안도 걱정도, 다시 걷는 기쁨 앞에선 작디작아진다.

천히 눈을 감았다. 내일이면 산을 넘어, 국경을 넘어, 언어를 넘어, 새로운 여정이 시작될 것이다.

다시 시작되는 여행, 그 첫 밤은 조용히 흘러갔다.

젖은 텐트를 짊어진 적 있나요?

팬데믹으로 세상이 멈췄을 때, 나는 무엇을 하며 시간을 보낼 수 있을지 고민했다. 갑작스럽게 닫힌 국경 앞에서 한없이 작아진 마음은 집 안에만 머무르기에는 너무 산만했고, 어디론가 향하고 싶은 욕구는 사그라지지 않았다. 그때 눈에 들어온 것이 캠핑이었다. 텐트 하나 치는 것도 서툴렀고, 백패킹이라는 단어조차 낯설었지만, 이상하게 마음이 끌렸다. 사람과의 거리는 멀어질 수밖에 없는 상황 속에서 자연과 가까워지는 삶은 새로운 탈출구처럼 보였다. 그렇게 나는 캠핑이라는 삶의 방식에 익숙해져 갔다.

그래서 산티아고 순례길에 오를 때도 주저 없이 텐트를 챙겼다. 800킬로미터의 길 위에서 매일 숙소를 찾는 수고를 덜고, 무엇보다 나만의 공간에서 하늘을 바라보며 자고 싶었다. 무게는 부담이었지만, 이미 익숙해진 방식이라 가능하리라 믿었다.

하지만 시작은 그리 낭만적이지 않았다. 순례 초반 며칠은 몸이 적응하느라 숙소에서 쉬는 것만으로도 벅찼다. 알베르게가 곳곳에 있어 굳이 텐트를 펼 이유도 없었다. 그러다 걷는 리듬이 익숙해질 무렵, 드디어 첫 캠핑을 했다. 순례길에서 조금 벗어난 작은 야영장이었다. 텐트를 한 번도 안 펼쳐 보면 억울할 것 같아 무리해서 찾아간 곳이었다.

한국의 캠핑장과는 사뭇 다른 분위기였다. 한눈에 보기에도 부지가 무척 넓었다. 옆 텐트와의 거리가 멀어 조용히 사색을 즐길 수 있었고, 덕분에 내 공간이라는 느낌이 뚜렷했다. 스페인의 캠핑 문화는 이미 오랜 시간 자연스럽게 뿌리내려온 듯 보였다. 다만 불편한 점도 있었다. 간단한 음료나 간식을 살 수 있는 매점이 없었고, 물도 사전에 준비하지 않으면 불편할 정도였다. 대신 코인 세탁기, 온수 샤워시설 등 기본 편의는 잘 갖춰져 있었다.

오늘 지은 나의 집은 푸르른 마당이 매력 포인트다.

짐을 풀고 시내로 내려가 장을 봐 왔다. 조촐한 식사를 마친 뒤, 이른 저녁 하늘을 보며 텐트에 누웠다. 순례길을 걷는 시점은 9월이었고, 낮과 밤의 기온 차가 심했다. 침낭을 덮고 웅크려도 새벽공기는 차가웠다. 중간에 일어나 화장실을 다녀오는 길에 고개를 들자 정면에 커다란 보름달이 떠 있었다. 한국은 곧 추석이겠구나. 낯선 나라에서 찬기운을 머금은 달을 바라보며 가족을 떠올렸다. 달을 찍어 가족 단체방에 보냈다. "잘 지내고 있어요." 짧은 문장에

긴 마음을 담았다. 다시 텐트로 돌아와 눈을 감았지만, 새
벽녘 내린 이슬로 천장이 축축해지는 느낌이 들었다. 아침
에 일어나 텐트를 털고 접을 생각을 하니, '텐트를 챙겨오
지 말 걸 그랬나' 하는 후회가 밀려왔다.

며칠 뒤, 그 생각은 더 확고해졌다. 한 공립 알베르게에 도
착했을 때였다. 예약이 불가능해서 선착순 입장이었는데,
내가 도착했을 땐 이미 만원이었고, 어쩔 수 없이 다른 숙
소를 알아봐야 했다. 그런데 공립 알베르게 뒤편에 넓은
마당이 보였고, 혹시나 싶어 관리인에게 물었다. "텐트를
쳐도 될까요?" 의외로 그는 흔쾌히 허락해 주었다. 소정의
금액만 내면 샤워실과 화장실을 사용할 수 있었다. 나는
얼른 텐트를 치고, 작은 공간을 꾸몄다. 그날 저녁, 순례길
에서 만난 친구들과 함께 식사했다. 마을이 작아 다른 선
택지가 없던 이들은 모두 떠났지만, 나는 남았다. 그 밤, 오
랜만에 안정감 있는 캠핑을 하는 기분이 들었다.

그러나 평화는 오래가지 않았다. 자정이 지나자마자 쏟아
진 폭우. 텐트 위로 들이치는 빗방울 소리에 몇 번이나 잠
에서 깼다. 땅이 젖고, 천이 젖고, 침낭도 젖었다. 텐트 안

에서 할 수 있는 일은 그저 조용히 기다리는 것뿐이었다. 새벽 내내 내린 비는 아침까지도 멈추지 않았다. 나는 더 머물 여유가 없었고, 젖은 텐트를 그 상태로 접어 가방에 다시 넣었다. 물을 머금은 텐트는 상상 이상으로 무거웠고, 걸음을 뗄 때마다 어깨가 깊이 짓눌렸다. 30분도 채 되지 않아 '이 텐트를 버려야 하나' 하는 생각이 들었다.

나는 그날 이후 텐트를 치지 않았다. 자연 속에서의 하룻밤은 낭만적이지만, 젖은 텐트를 접어 다시 짊어지는 불편함이 그 낭만을 삼켜버린다는 걸 알았다. 며칠 뒤, 캠핑 장비를 예정 도시로 택배로 부쳤다. 가방 무게가 3~4kg 줄자 몸도 마음도 훨씬 가벼워졌다. 그제야 길 위의 작은 풍경들이 다시 눈에 들어왔다.

후회는 없다. 불편함을 감수하며 비로소 알게 된 것이 있었다. 내가 어떤 여행을 원하고, 어떤 방식으로 길을 걸을 때 나답게 살 수 있는지. 그것을 묻는 시간이 되었으니까. 그렇게 나는 다시 걸었다. 이번에는 조금 더 가볍게, 그러나 더 깊게 스며들며.

사연 많은 순례자들 이야기

산티아고 순례길을 걷는다는 건 단지 '나'의 시간이 아니었다. 길 위에는 각자의 삶을 품은 수많은 발걸음이 이어졌고, 걷는 이들은 서로의 이야기를 나누며 삶의 조각을 주워 담았다. 이 길은 800킬로미터짜리 인생 상담소이자, 매일 새로운 드라마가 펼쳐지는 무대였다. 어떤 만남은 짧게 스쳐갔고, 어떤 인연은 끝까지 이어졌다. 분명한 건, 누구의 사연도 가볍지 않았다는 사실이었다.

첫날 밤, 피레네 산맥 아래의 숙소에서 한 스페인 가족을 만났다. 밝고 단단한 분위기가 인상 깊었지만, 내 시선을 가장 오래 사로잡은 건 양팔이 모두 없는 한 여성이었다.

가족 중 한 명이었다. "산티아고까지 함께 완주할 거예요."
그 가족이 내게 말했을 때, 나는 마음속 깊이 감동을 느꼈
다. 다음 날 새벽, 피레네 산맥을 오르며 다시 그들을 마주
쳤다. 비탈진 언덕을 천천히 오르던 그녀의 뒷모습은, 무
언의 의지 그 자체였다. 속도는 느렸지만, 걸음은 확실했고
흔들림이 없었다. 그의 모습은 나에게 이렇게 말하는 것
같았다. "천천히라도, 계속 걸으면 결국 도착할 수 있어."
그날 이후, 나는 이유 없는 두려움이 들 때마다 그를 떠올
렸다.

순례자가 된 지 일주일쯤 지나자 비슷한 속도의 순례자들
과 자연스럽게 반복해서 마주치게 됐다. 그중 한 명이 독
일에서 온 변호사였다. 처음엔 자기소개 외엔 말이 없었지
만, 3주쯤 지나 다시 만났을 때 그는 전혀 다른 사람이 되
어 있었다. 밝게 웃고, 와인을 권하며, 농담도 건넸다. 그날
밤, 그의 이야기를 들을 수 있었다. 사랑하는 아내를 암으
로 잃고, 모든 게 멈춰버린 삶을 마주한 그는 회사마저 휴
식을 권했을 때, 그는 비로소 자신이 얼마나 깊은 공허에
빠져 있었는지 깨달았다고 했다. "이 길을 선택한 건 생각
을 정리하고 싶어서였어요. 근데 걷다 보니, 생각이 잘 안

나더군요." 그가 웃으며 말했다. "매일 걷고, 먹고, 자는 단순한 반복 속에서 처음엔 후회했어요. 나는 왜 여기까지 와서 이런 걸 하고 있나 싶었죠. 그런데, 어느 순간 그 단순함이 나를 살리고 있다는 걸 알게 되었어요." 그의 말은 곧 건배로 이어졌고, 그날 저녁의 온기가 지금도 기억에 남는다.

며칠을 함께 걸었던 미국인 '안나'도 그중 하나였다. 처음 그녀를 봤을 때, 나는 마치 애니메이션에서 툭 튀어나온 요정 같다고 생각했다. 작은 체구에 색색의 옷을 입고, 재잘재잘 이야기하던 그녀. 사람을 즐겁게 만드는 재주가 있었고, 옆에만 있어도 분위기가 환해졌다. 그런데 배낭 옆 주머니의 유리병 속에는 남편의 유골이 담겨 있었다. 그녀는 웃으면서도 조심스럽게 입을 열었다. "남편의 유골이야. 우리는 함께 이 길을 걷기로 약속했거든. 그런데 그 약속을 이루지 못하게 되었지. 그래서 대신 데려왔어. 매일 이 병을 보면서 이야기해. 오늘은 어떤 길이었는지, 누굴 만났는지. 이 길을 함께 걷고 있다는 걸 느낄 수 있어." 그날 이후, 나는 걷는 도중에도 가끔 안나의 발걸음을 떠올렸다. 그녀는 유쾌하고 발랄했지만, 그 안에는 깊고 아픈

사랑이 자리하고 있었다. 순례길은 그렇게, 웃음 뒤의 사연
까지도 자연스럽게 드러내게 만드는 길이었다.

독일에서 온 한 안나는 다른 순례자들보다 훨씬 큰 밀리터
리 백팩을 메고 있었고, 길 위에서 자주 마주쳤다. 짧은 인
사를 나누다 배낭이 무거워 보인다는 말에 그녀는 웃으며
말했다. "텐트랑 침낭이 들어있어요. 전 주로 마을 외곽이
나 돌다리 밑에서 자요." 며칠 뒤 작은 마을에서 그녀를 다
시 만났다. 길가에 정차한 트럭 옆에서 누군가와 대화를
나누고 있었는데, 그 사람이 그녀의 남편이었다. 알고 보니
남편은 매주 주말마다 그녀를 찾아 순례길 근처로 내려온
다고 했다.

안나는 독일의 천주교 라디오 채널에서 방송하는 사람이
었고, 순례길을 걷는 목적도 신앙 때문이었다. 들르는 모
든 마을의 성당에 들러 찬송가를 부르고 나오는 것이 그녀
의 순례 방식이었다. 그날 저녁, 샤워를 마치고 성당 쪽으
로 걸어가던 길에, 열린 문 틈 사이로 그녀의 노랫소리가
들려왔다. 가만히 귀를 기울였다. 그 소리는 마치 하늘에서
내려온 것처럼 맑고 경건했다. 종교가 없던 나조차 그 순

간만큼은 발걸음을 멈추고 기도를 올리고 싶어졌다. 성당 안에는 나뿐만이 아니었다. 하나둘씩 지나가던 순례자들이 노랫소리에 이끌려 조용히 벽에 기대어 서 있었다. 그 후로도 종종 그녀를 마주쳤고, 언제나 그녀는 성당에서 노래를 부르고 있었다.

하지만 모든 만남이 아름답기만 한 것은 아니었다. 순례길에는 전 세계에서 온 수많은 사람이 몰려들기에, 때로는 특이하거나 불편한 상황도 마주하게 된다. 어느 날, 나는 성당에서 운영하는 공립 알베르게에 묵게 되었다. 저렴한 대신 다소 열악한 시설을 감수해야 했지만, 그날 밤은 유독 분위기가 이상했다. 복도에서 들려오는 목소리에 귀를 기울이자, 순례자 두 명이 불만을 토로하고 있었다. 그들의 방에 한 노숙자가 함께 묵고 있었는데, 그의 짐에서 나는 악취가 도저히 감당할 수 없다는 것이었다.

그 노숙자는 이미 순례길에서 유명했다. 낡았지만 멋들어진 갈색 코트와 중절모를 쓰고, 느릿하게 걷는 노인. 처음 봤을 땐 '멋진 분이구나' 생각했지만, 그의 짐 근처에서 나는 냄새는 솔직히 말해 엄청났다. 알고 보니 그는 순례길을 왕복으로 걷는 노숙자였다. 날씨가 좋을 땐 길가에서 자고, 돈이 조금 생기면 공립 알베르게에서 하루를 보내며 씻고 쉬고 간다는 것이었다. 그날 밤은 다행히 같은 방을 쓰지 않아 큰 불편은 없었지만, 이후로도 몇 번 길에서 마주쳤다. 순례길이 누군가에겐 치유의 여정이라면, 누군가에겐 생존의 공간이기도 하다는 걸 실감했던 순간이었다.

이렇게 다양한 사람들이 한 길 위를 걷고 있었다. 삶의 방향도, 속도도, 목적도 모두 달랐다. 누군가는 상실을 품고 있었고, 누군가는 믿음을 안고 있었다. 누군가는 새 출발을 위해 걷고 있었고, 누군가는 그저 오늘 하루를 무사히 살아 내기 위해 걷고 있었다. 그 모든 걸 직접 듣지 않아도 느낄 수 있었다. 걸음의 리듬, 눈빛의 깊이, 말없이 건네는 웃음에서 그들의 이야기가 전해졌다. 그리고 나는 그 위를 걷는 수많은 주인공들과 함께, 조용히 다음 마을을 향해 걸었다.

까미노 패밀리가 되다

산티아고 순례길을 시작했을 때 나는 철저히 혼자였다. 순례객과 인사를 주고받고, 짧은 대화를 나누기도 했지만, 그것은 어디까지나 여정 속의 스침일 뿐 함께라는 감정은 아니었다. 마음이 통하는 사람을 억지로 찾을 순 없었기에, 혼자 걷는 법에 익숙해지기로 했다. 오히려 혼자라서 자연에 더 깊이 몰입하고 자신에게 집중할 수 있다고 믿으려 했다.

그러던 어느 날, 순례길 중간 지점인 부르고스에서 독일인 비비엔과 아일랜드인 모이라를 만났다. 이틀 전쯤부터 함께 걷기 시작했다는 두 사람과 함께 걸으며 서로를 소개했다. 이후 각자 다른 숙소로 흩어졌지만, 우리의 인연은 거기서 끝나지 않았다. 부르고스부터 이어지는 메세타는 지평선 너머까지 뻗은 평야지대였는데 단조로운 풍경과 끝없는 흙길은 점차 나를 지치게 했고, 외로움은 더 깊어졌다. 그때 다시 마주친 비비엔과 모이라는 내 걷는 속도와 대화의 온도, 삶을 바라보는 태도까지 닮아 있었다. 그렇게 우리는 기꺼이 서로의 동행이 되어 주었다.

내게 있어 순례길은 인류애 충전의 시간이었다.

함께 걷기 시작한 둘째 날, 폭우가 쏟아졌다. 원래 목적지까지 가는 건 무리였고, 흠뻑 젖은 채 가까운 마을에서 발걸음을 멈췄다. 그곳에서 우리는 스페인 청년 에데르를 만났다. 밝고 사려 깊은 그는 금세 우리 곁에 스며들었고, 말수가 많지 않아도 적절한 농담과 배려로 분위기를 따뜻하게 만들었다. 그날 밤 네 명은 작은 식당에 모여 뜨끈한 수프와 빵을 나눴다. 특별한 약속은 없었지만 우리는 이미 서로의 걸음에 녹아들고 있었다. 그렇게 '까미노 패밀리'가 시작되었다. 중심을 잡아주는 모이라, 세심하고 꼼꼼한 비비엔, 유쾌하고 따뜻한 에데르, 그리고 조금은 낯선 땅에서의 경험이 많았던 나. 각기 다른 나라에서 온 우리 넷은 서로의 성격을 자연스럽게 받아들이며, 완벽하진 않지만 균형 잡힌 팀이 되었다.

함께한 며칠은 꽤 험난했다. 비가 잦았고, 한 번은 잘못된 방향으로 걷기도 했다. 길을 잃었을 땐 우왕좌왕했지만, 누구 하나 짜증 내지 않았다. 젖은 양말을 짜내며 서로 웃음이 터지고, 알베르게에 도착하면 먼저 따뜻한 물로 샤워할 수 있게 배려했다. 이 작은 배려들이 쌓이면서 우리는 점점 깊어졌다.

우리 사이에는 말하지 않아도 편안한 공기가 흘렀다. 아침엔 조용히 일어나 준비를 하고, 낮에는 함께 걷다가도 누구 하나 말이 없을 땐 그냥 그 침묵을 받아들였다. 저녁에는 늘 같은 테이블에 둘러앉아 식사를 했고, 때로는 와인 한 잔을 나누며 그날의 풍경에 대해 이야기했다. 누군가에게 고민이 있다면 조용히 들어주고, 도움이 필요할 땐 알아서 손을 내밀었다. 이 길 위에서, 나는 이런 유연하고 조용한 동행이 존재한다는 걸 처음 알았다.

며칠 뒤, 우리는 '레온(León)'이라는 큰 도시에 도착했다. 아름다운 대성당이 있는 역사적인 도시였고, 이곳은 동시에 우리 패밀리가 흩어지기 전 마지막 밤이기도 했다. 에데르는 짧은 휴가를 내고 순례길에 오른 거라 다음 날 집으로 돌아가야 했고, 모이라는 개인적인 사정으로 며칠 후 다시 돌아오기로 했다. 나와 비비엔은 산티아고 데 꼼뽀스텔라까지 계속 걷기로 했다. 우리는 이별이 아쉬워 레온에 하루 더 머물기로 했다.

그날 저녁, 에데르가 자청해서 레온의 '타파스 투어'를 이

끌었다. 타파스는 스페인 특유의 소형 안주 요리로, 음료를 시키면 무료로 제공되는 게 전통이다. 레온은 타파스의 도시로 불릴 만큼 그 문화가 잘 살아있는 곳이었고, 에데르는 어린 시절부터 익숙했던 레온의 가게들을 하나하나 안내해 줬다. 우리는 여러 바를 돌아다니며 맛있는 타파스와 와인을 즐겼고, 그동안 겪은 길 위의 이야기들을 웃음 섞인 농담으로 되돌아봤다. 순례길이라는 현실을 잠시 내려놓고, 친구로서, 동행자로서 조금 더 가까워지는 시간이 되었다.

다음 날 아침, 작별 인사를 나누는 순간이 찾아왔다. 모이라는 "금방 돌아올게."라는 말을 남기고 떠났고, 에데르는 "이건 끝이 아니라, 잠깐의 휴식일 뿐이야."라며 웃었다. 그를 배웅한 뒤 비비엔과 나는 다시 길 위에 섰다. 처음엔 셋이었고, 어느새 넷이 됐다가 이제 둘이 된 여정. 그럼에도 어딘가 든든했다. 우리는 함께 걷는 방법을 배운 사람들이었고, 그 기억이 남아 있는 한 우리는 여전히 까미노 패밀리였다.

그로부터 3년이 지났지만 우리는 여전히 연락하며 지내고 있다. 나는 아일랜드에 가서 모이라의 집에 머물며 세인트 페트릭 데이 축제를 함께했고, 스페인 여행 중엔 에데르를 만나 다시 웃음 가득한 시간을 보냈다. 비비엔은 순례길 이후 세계여행을 시작해 여전히 여행 중이다. 함께 걸으며 내가 들려준 이야기들이 그녀에게 용기가 됐다고 했다. 그녀가 한국에 여행왔을때 아쉽게도 나는 외국에 있었지만 선뜻 내 친구들을 소개해 주었다. 제주도에 있는 친구의 집에서 편하게 며칠을 묵고 간 비비엔은 감사의 인사를 전했다.

나는 모이라의 단단함을 좋아했고, 에데르의 유쾌함과 따뜻함을 존경했고, 비비엔의 차분하고 성실한 태도에 감동했다. 힘든 상황 속에서도 우리는 서로를 감싸 안았고, 각자의 장점을 더 돋보이게 해 줬다. 그게 우리가 지금까지도 이어져 있는 이유일 것이다.

이 길 위에서 만난 인연은 어쩌면 아주 정교하게 설계된 운명 같기도 했다. 먼 나라, 다른 언어, 다른 문화에서 온 사람들이 같은 길을 걷고, 같은 하늘 아래에서 함께 비를 맞고, 같은 음식을 나누며 하나의 작은 공동체를 만들어갔다. 그건 삶이 잠시 선물해 준 가장 아름다운 우정이었다. 지금도 문득 그 길을 떠올릴 때면, 비에 젖은 양말을 짜며 웃던 모습이 떠오른다. 걷고 또 걷던 길 위에, 그들은 지금도 함께 걷고 있는 것만 같다.

부엔 까미노, 안녕 그리고 안녕

스페인 갈리시아 주의 관문 사리아에 도착했을 때, 남은 길은 100킬로미터 남짓이었다. 처음 800킬로미터라는 숫자를 들었을 때의 막막함은 사라지고, 남은 거리를 세는 일이 오히려 아쉬움으로 다가왔다. 그러나 사리아는 내게 또 다른 충격이었다. 조용히 걸어온 길에 갑자기 쏟아져 들어온 사람들. 짧은 휴가로 찾아온 이들, 단체 관광객, 수학여행 학생들까지. 순례길은 여전히 이어지고 있었지만, 분위기는 완전히 달라졌다.

나는 비비엔과 해 뜨기 전, 어둠 속에서 길을 나서기로 했다. 그 시간만이 우리가 기억하는 순례길을 되찾는 방법이

끝없이 뻗은 길도 걷다 보면 걸어지더라.

었다. 차가운 새벽공기를 가르며 걷는 길. 그 시간의 고요함은 마치 나와 순례길 사이의 은밀한 약속처럼 느껴졌다. 하늘은 검푸른 잉크를 머금은 채 천천히 밝아왔고, 이슬에 젖은 풀잎들은 조용히 밤의 흔적을 털어냈다. 먼 동편에서 서서히 떠오르는 태양은 붉은빛을 틔우며 숲길의 안개를 스며들게 했다. 그런 아침마다 나는 생각했다. 이 길을 끝낸다는 건 무슨 의미일까?

몸은 이미 완전히 순례자의 리듬에 익숙해 있었다. 25킬로 미터를 걸어도 힘들지 않았다. 무거웠던 가방은 내 어깨에 잘 맞는 옷처럼 익숙해졌고, 걸음은 더이상 의식하지 않아도 자연스레 이어졌다. 하루라도 빨리 도착하고 싶은 마음이 하루라도 더 걷고 싶은 마음으로 바뀌었다.

도착 이틀 전, 길 초반에 스쳐 지나며 조개껍데기를 건네주었던 독일인 아저씨들을 다시 만났다. 오랜만의 재회에 우리는 아침 햇살 아래서 망설임 없이 건배를 외쳤다. 비비엔은 웃으며 자책했다. "순례길을 떠나기 전 금주를 결심했었는데, 이젠 아침부터 맥주 마시는 사람이 됐어." 이 길 위에서는 그런 일탈도 허용되는 법이다. 걷고, 먹고, 마시고, 웃는 일. 단순한 반복이지만 그 안엔 무언가 중요한 것이 있었다. 순례길은 나를 점점 자유롭게 만들었다.

마지막 날 새벽, 우리는 다시 어둠 속에서 길을 나섰다. 손 끝을 간질이는 냉기와 살짝 얼은 풀잎의 감촉이 발 아래 전해졌다. 산티아고가 가까워지고 있음을 몸이 먼저 알고 있었다. 이윽고 산티아고 대성당 앞 광장에 다다랐을 때, 세상이 갑자기 멈춘 것 같았다. 웅장한 대성당이 눈앞에 펼쳐지고, 순례자들은 그 앞에서 울고 웃고 있었다. 누구는 소리를 지르며 팔을 벌렸고, 누구는 조용히 땅에 주저앉았다. 누구는 도착했다는 성취감에 아이처럼 흐느꼈고, 우리는 서로를 꼭 껴안았다. 광장 전체가 하나의 커다란 숨결 같았다. 감정이 말보다 먼저 흘러나왔다. 언어도, 국적도, 체형도 다른 사람들이 하나의 감정을 공유하고 있었다.

나는 광장 한켠에 앉았다. 처음 보는 사람들의 눈물이 내 마음을 흔들었다. 모든 순간이 그리울 것 같았다. 광장에서 본 한 장면은 오래도록 남을 것이다. 나는 그곳에서 한 시간 넘게 그 자리에 머물렀다. 그 광장에선 삶의 모든 감정이 녹아 흐른다. 나는 지금도 순례길을 걷겠다는 사람들에게 말한다. "산티아고에 도착하면, 부디 한 시간은 광장에 앉아 있어 보세요. 그 시간이 순례길 전체를 품게해 줄 거예요."

순례길은 내게 많은 것을 내려놓게 했다. 무거운 짐, 불필요한 감정, 두려움, 비교, 불안. 그리고 그 자리에 단순함, 나눔, 동행의 기쁨, 조용한 자신감이 들어왔다. 이 길은 삶을 단순하게 살아가는 법을 다시 가르쳐주었다. 많지 않아

도 괜찮고, 느려도 충분하다는 것. 천천히 걸어도 언젠가는 도착하게 된다는 것. 그리고 그 과정이 곧 삶이라는 것을.

나는 이제 다시 세계로 나갈 준비가 되었다. 조금 더 가벼운 짐, 조금 더 단단한 마음, 그리고 훨씬 더 따뜻한 시선으로. 이제는 단순한 여행이 아닌, 삶을 위한 여정을 떠나보려고 한다. 부엔 까미노. 그리고 안녕, 산티아고!

버드모이의 Q & A 코너 ③

Q. 긴 여행에서 무너진 체력이나 멘탈을 어떻게 회복하나요?

A. 끝없이 이동하는 여정 속에서는 몸과 마음이 동시에 지쳐갈 때가 있습니다. 그럴 땐 억지로 버티지 않고, 제 스스로에게 '멈춤'을 선물합니다. 보통 6개월에 한 번쯤, 혹은 큰 여정을 마친 뒤에는 한 달 혹은 그보다 긴 시간 동안 한 곳에 머물며 생활의 리듬을 회복합니다. 매일 새로운 풍경을 좇던 발걸음을 잠시 멈추고, 운동을 하고 글을 쓰며 일상을 정리하다 보면 무너졌던 체력과 마음이 조금씩 다시 단단해지는 것을 느낍니다.

Q. 앞으로 꼭 가 보고 싶은 여행지는 어디인가요?

A. 언젠가 미주 대륙을 가로지르는 긴 로드트립을 하고 싶습니다. 미 서부에서 출발해 멕시코를 지나 파나마 운하까지 천천히 내려간 뒤, 다시 미국 동부를 거쳐 캐나다까지 이어지는 길 위의 시간. 끝없는 도로와 변화무쌍한 풍경, 그리고 그 길에서 만나게 될 수많은 사람들 속에서, 지금의 저와는 또 다른 나를 마주하게 될 것 같아 오래도록 꿈꾸고 있습니다.

Q. 여행에서 만난 사람들이 당신을 어떻게 기억해 주길 바라나요?

A. 누군가의 기억 속에 화려한 수식어로 남기보단 '여행을 진심으로 사랑하는 사람'으로 기억되면 충분합니다. 짧은 인사 한마디, 길 위에서 나눈 소소한 대화, 함께 웃었던 순간 같은 작은 조각들이 그 사람의 마음속에 따뜻하게 남아 있다면 좋겠어요.

Q. 버드모이에게 '여행'은 인생에서 어떤 자리를 차지하나요?

A. 처음에는 단순히 세상을 보고 싶다는 마음으로 길을 떠났습니다. 하지만 시간이 지날수록 여행은 제 삶의 작은 일부가 아니라, 어느새 전부가 되어 있었습니다. 길 위에서 배우고 느낀 것들은 단순한 추억을 넘어 제 삶의 태도와 가치관이 되었고, 지금의 저를 만든 가장 큰 힘이 되었습니다.

여행은 저에게 취미나 선택이 아닌, 살아가는 방식 그 자체입니다. 새로운 길 위에서 낯선 언어를 배우고, 낯선 사람과 마음을 나누며, 때로는 뜻밖의 어려움을 견디는 과정이 삶의 축소판처럼 다가옵니다. 그 속에서 저는 세상을 배우고, 결국 저 자신을 다시 배우게 됩니다.

**Q. 앞으로 도전해 보고 싶은 여행 방식이나 새로운 콘텐츠가 있는
지 궁금합니다.**

A. 앞 질문에서 답한 것과 같이 여건이 허락된다면 미주 로드트립을 꼭 도전해 보고 싶습니다. 그리고 더 나아가, 긴 여정을 마친 뒤의 삶을 기록해 보고 싶습니다. 여행이 끝난 자리에서 다시 시작되는 또 다른 이야기를 영상으로 담아내고 싶습니다. 끝이 아닌 새로운 출발을 보여줄 수 있다면, 그것 역시 저만의 여행이 될 것이라 믿습니다.

**Q. 여행을 계속하는 이유, 그리고 앞으로도 계속 떠나게 만드는
원동력은 무엇인가요?**

A. 저를 다시 길 위로 이끄는 건 언제나 호기심과 배움입니다. 낯선 풍경 앞에서 설레는 마음, 새로운 언어와 문화를 마주하며 조금씩 넓어지는 시선, 그리고 사람들과의 만남 속에서 얻는 울림이 여행을 멈추지 못하게 만듭니다. 여행은 단순한 이동이 아니라, 세상을 배우는 방식이자 저 자신을 더 깊이 이해하는 길이기도 합니다.

Q. 팬과 여행자에게 꼭 하고 싶은 말은?

A. 제 영상을 보며 함께 설레고, 때로는 위로를 받았다고 말해 주시는 분들이 있습니다. 그럴 때마다 저 역시 큰 힘을 얻습니다. 제 여정이 누군가에게 용기가 되고, 또 다른 여행의 시작이 된다면 그보다 기쁜 일은 없을 것 같아요. 꼭 멀리 떠나는 여행이 아니어도 좋아요. 집 앞 골목을 새 눈으로 바라보는 것만으로도 우리는 충분히 '여행자'가 될 수 있으니까요. 앞으로도 각자의 길 위에서 자신만의 여행을 발견하시길 바라요!

PART 4

세계여행 2회차입니다

이번에는 나를 살아보기로 했다

산티아고 순례길을 걷고 돌아왔다. 배낭을 벗고 일상으로 돌아오니, 익숙한 것들이 낯설게 느껴졌다. 예전처럼 회사에 적응할 수 있을까? 안정적인 미래를 꿈꾸는 삶이 지금의 나에게도 여전히 어울릴까? 순례길에서의 고요했던 감각과 정직한 마음이 일상의 소음 속에서 점점 희미해지는 듯하자 나는 다시 떠나야겠다는 결심을 했다. 그러나 지난번과는 다른 방식으로 말이다.

첫 세계여행은 철저히 예산에 묶여 있었다. 숙소와 교통편 하나를 고르는 데도 많은 고민이 필요했고, 하고 싶은 일을 시도할 여유조차 없었다. 경험은 쌓였지만, 내가 진짜 좋아하는 것이 무엇인지 탐색하기엔 부족했다. 돌아보면 그 여행은 '살아보기'라기보다 '버텨보기'에 가까웠다. 그래서 이번에는 달라야 했다. 이번 여정은 남에게 보여 주기 위한 것이 아니었다. 도시의 숫자나 나라의 개수가 아니라, 매일 어떤 감정으로 살아 내는지가 중요한 여행을 원했다. 세상을 보기 위한 발걸음이 아니라, 내가 어떤 사람인지 알아가기 위한 발걸음이었다.

팬데믹이 시작되기 전까지만 해도 나는 호주 워킹홀리데이를 준비하고 있었다. 영어를 자유롭게 써 보고 싶었고, 낯선 문화 속에서 내가 어떻게 적응하고 성장할지 시험해 보고 싶었다. 아쉽게도 호주의 하늘은 굳게 닫혔지만, 영국은 국경을 열었다. 첫 목적이 영어였던 만큼 나는 주저 없이 영국 워킹홀리데이에 지원했고, 곧 합격 소식을 받았다.

그렇게 목적지는 영국으로 정해졌지만, 비행기를 타고 런던까지 직행하는 건 너무 뻔했다. 이전과는 다른 여행을 꿈꿨기에, 색다른 길로 가고 싶었다. 그리하여 세운 계획이 바로 블라디보스토크에서 시작해 유라시아 대륙을 횡단하여 육로로 런던까지 가는 여정이었다. 그 구상만으로도 설렸다. 오랜 시간 꿈꿔온 기차 여행, 그것도 설원으로 덮인 러시아를 가로지르며 동유럽, 서유럽을 통과해 영국에 도착하는 길이라니. 이보다 더 낭만적일 수 있을까.

2022년 1월 2일, 블라디보스토크행 비행기는 일하러 가는 중국인들로 가득 차 있었다. 여행이 여전히 조심스러웠던 시기다. 나는 그들 틈에 섞여 낯선 기운을 안고 비행기에 몸을 실었다. 창밖으로 펼쳐진 하늘은 잿빛이었고, 마음 한 켠은 묘하게 가라앉아 있었다. 그럼에도 어딘가로 떠나는 길 위에 있다는 사실만으로도 숨이 트였다.

횡단열차를 타기 전, 나는 블라디보스토크에서 삼 일을 보냈다. 짧다면 짧고, 길다면 긴 시간이었다. 이 도시는 상상보다 훨씬 추웠다. 공항을 빠져나와 도심으로 향하는 길은 눈으로 뒤덮여 있었고, 사람들의 걸음은 빠르지 않았다. 도시 전체가 조용하고 무거운 기운을 머금고 있는 듯했다. 예전에는 한국인 여행자들이 이곳을 많이 찾았다고 들었지만, 그 유명한 아르바트 거리마저 텅 비어 있었다. 바람이 세차게 불었고, 얼어붙은 공기 사이로 낡은 간판과 간간이 켜진 가로등만이 도시를 채웠다.

숙소는 저렴한 도미토리였다. 여행자는 나 혼자였고, 다른 투숙객들은 러시아 외지에서 온 노동자들이 대부분이었다. 공용공간엔 무뚝뚝한 얼굴로 조용히 밥을 먹는 이들이 몇 있었다. 말소리는 없고, 숟가락과 식기가 부딪히는 소리만 울렸다. 그 무감각한 식당에서 나는 조용히 내 식사를 마쳤다. 아무도 나에게 말을 걸지 않았고, 나도 굳이 말을 걸지 않았다. 그저 앉아서 밥을 먹고, 창밖을 바라보고, 내가 있는 이곳이 어디인지 스스로 되새겼다. 나는 지금 러시아에 있고, 이 낯선 도시에서 열차를 타고 대륙을 횡단하려 한다. 이 모든 것이 아직은 낯설고, 어쩌면 조금 무모해 보일지도 모르지만, 분명히 내 의지로 선택한 길이었다.

내친 김에 얼어버린 바다까지 걸어갔다. 그곳은 여전히 아름다웠다. 빙판처럼 단단하게 굳어버린 수면 위로 눈이 소복이 쌓였고, 그 위를 걷는 발걸음마다 사각사각 소리가 났다. 예전 독립운동가들이 일제의 감시를 피해 이곳까지 왔다는 이야기가 떠올랐다. 그들도 이런 바람과 추위, 고요한 풍경 속에서 어떤 감정을 품었을까. 역사적인 무게와 함께, 나는 지금 이 순간을 걷고 있었다.

붉게 물드는 석양 아래, 꽁꽁 언 바다 위를 조심스레 걸으며 나는 생각했다. 나는 이제 한동안 한국으로 돌아가지 않을 것이다. 이 길의 끝에 무엇이 기다리고 있는지는 모르겠지만, 분명히 나는 그 길을 걷고 있다. 그리고 이 시작이, 이전의 여행과는 전혀 다른 여행이 되리라는 것도 어렴풋이 느껴졌다.

모바일 티켓에 적힌 출발 시간을 확인하며 나는 긴장을 감추지 못했다. 설렘보다는 묘한 고요함이 있었다. 광활한 대륙을 가로질러 나를 어디로 데려갈지 모를 긴 여정 그 안에서 나는 어떤 사람으로 변해갈까? 누군가의 말처럼 긴 여행은 종착지보다 그 여정에서 마주한 나 자신이 더 중요하다고 했다.

그 겨울, 블라디보스토크의 차가운 공기 속에서 나는 다시 나를 살아보기로 했다. 열차보다 앞서, 내 마음은 이미 긴 여정을 시작하고 있었다.

유럽행 설국열차

무거운 배낭을 어깨에 메고 블라디보스토크 역 플랫폼에 섰다. 시베리아 횡단열차, 이름만 들어도 심장이 뛰는 단어였으며 그냥 기차가 아닌, 앞으로 며칠 간 나의 집이자 삶이 될 공간이었다. 가방 속에는 미리 준비한 생필품과 간식들이 꾹꾹 눌려 있었다. 기차 안 물가가 비싸다는 후기를 참고해 컵라면, 인스턴트 수프, 견과류, 티백, 휴지, 물티슈까지 빠짐없이 챙겨 넣었다. 초행길의 설렘은 늘 준비로 이어진다. 어쩌면 그 준비의 과정조차 여행의 일부일지 모른다.

내게 배정된 곳은 3등석 침대칸이었다. 문을 열자 따뜻한 공기가 얼굴을 스쳤다. 시베리아의 겨울 한복판에서 마주한 온기였다. 정갈하게 개어진 이불과 베개, 다림질 자국이 남아 있는 시트는 소박하지만 단정하고 정성스러웠다. 예전부터 느낀 것이지만, 러시아와 구소련 국가 사람들에게는 단정함이 하나의 미학처럼 자리 잡고 있다. 한 가정집에 초대받았을 때도 집 안 곳곳에서 느껴지던 질서와 정돈. 찾아보니 이는 사회주의 체제 속에서 공공성과 규율을 중시했던 문화적 배경과 관련 있다고 한다. 옷의 주름 하나가 곧 그 사람의 태도를 보여준다고 믿는, 어쩌면 조금은 낭만적인 질서였다.

곧 기차가 천천히 움직이기 시작했다. 플랫폼이 스치듯 지나가고, 출발을 알리는 미세한 진동이 몸을 감쌌다. 정말로 시작되는구나. 내 안에서도 무언가가 함께 움직이기 시작했다. 창밖에는 눈 덮인 들판이 끝없이 펼쳐지고 있었다. 흰색과 회색의 결이 교차하는 풍경 속에서, 말로는 설명하기 어려운 정적이 흘렀다.

잠시 후 나는 역무원을 찾아갔다. 바로 그 유명한 '러시아 횡단열차 컵'을 받기 위해서다. 차를 마시거나 간편식을 먹

러시아 횡단열차 컵과 함께 기차 안에서의 시간을 만끽!
지겹지만 창밖 풍경은 너무도 예쁘다.

을 수 있게, 요청 시 컵과 포크, 접시 등을 제공해 준다. 컵은 무겁고 투박하지만 유난히 예뻤다. 손잡이에 각인된 문양과, 유리 너머로 퍼지는 따뜻한 차의 빛이 아름답다. 여행자들에게는 이마저도 기념품처럼 다가온다.

복도 한쪽에는 정수기가 비치되어 있었다. 커피를 마시거나 컵라면을 끓이고, 따뜻한 물로 몸을 녹이는 데 무척 유용했다. 누군가에겐 스쳐 지나갈 평범한 시스템일지 몰라도, 긴 여정 속에서 그 존재는 얼마나 고마운지 모른다. 그 작은 정수기 앞에서 문득 생각했다. '여행자의 눈'이란 결국 낯섦 속에서 따뜻함을 발견하는 능력이 아닐까 하고.

기차 안에서 보내는 시간은 사람을 느긋하게 만든다. 침대에 누워 책을 읽고, 음악을 듣고, 창밖을 바라보다가 다시 잠에 들며 정해진 속도로 흐르는 삶을 만끽한다. 누가 시키지 않아도 다들 그렇게 시간을 흘려 보낸다. 여행자에게는 이 느림이야말로 가장 큰 사치다.

나는 이 사치를 잔뜩 누렸다. 누군가는 '지루하지 않냐'고 물었지만, 나는 이 시간들이 너무 좋았다. 모스크바까지 한 번에 갈 생각도 없었다. 러시아는 동쪽에서 서쪽으로 갈수록 무려 열한 개의 시차가 바뀌는 거대한 대륙이다. 그 변화의 흐름을 직접 눈으로 보고 싶었다. 풍경, 날씨, 사람들의 말투, 표정, 표지판의 디자인까지. 기차는 그 모든 차이를 천천히 지나가며 보여준다.

열차는 중간중간 긴 정차를 했다. 많게는 한 시간 가까이 머물기도 했는데, 그 시간만큼 승객들은 자유로워졌다. 누군가는 담배를 피우고, 누군가는 찬 공기를 들이마시며 깊게 숨을 쉬었다. 역 주변 가판대나 작은 슈퍼에서 간단히 식료품을 살 수도 있었다. 나는 그 시간이 참 좋았다. 기차 안은 늘 따뜻하지만 답답한 공기가 감돌았기 때문이다. 역에서 내리는 순간, 얼굴을 스치는 공기는 정신이 번쩍 들만큼 차갑고 맑았다. 폐 깊숙이 들어오는 그 공기는 내 안에 남아 있던 무거운 감정들까지 밀어내는 힘이 있었다.

때때로 역무원이 칸마다 신분증과 티켓을 확인하며 지나갔다. 긴 여정답게 관리도 철저했다. 열차에는 각자 담당 역무원이 있었고, 그들의 휴게실까지 마련되어 있었다. 서로 다른 국적, 언어, 배경을 지닌 사람들이 한 공간에 모여 규율 아래 살아가는 모습이 달리는 마을 같았다.

어느새 다른 승객들과 가벼운 인사를 나누기 시작했다. 대부분은 러시아인이었고, 가끔은 휴가 나온 군인도 있었다. 대화는 길지 않았지만 그 정도로 충분했다. 긴 여정 속에서 서로의 존재를 확인하고 가볍게 미소를 주고받는 것. 여행은 때로 그 정도의 교류로도 따뜻해진다.

바이칼 호수도 얼게 만든 강추위에서, 나는 살아남았다.

물론 불편도 있었다. 같은 칸에 어떤 사람이 타는지에 따라 열차에서의 시간은 크게 달라졌다. 늦은 밤까지 술을 마시며 소란을 피우다 경비에게 제지당한 승객도 있었고, 복도에서 큰 소리로 통화하는 이도 있었다. 두 대륙의 경계를 발로 밟을 수 있는 예카테린부르크에 잠시 내렸다 다시 탔을 때는 자리 운이 좋지 않았다. 맞은편에는 술에 취해 곯아떨어진 남성이 앉아 있었고, 술 냄새가 코끝을 찔렀다. 예상대로 그는 깨어날 때마다 술을 꺼내 마셨고, 곧 큰 코골이로 깊은 잠에 빠졌다. 걱정이 되어 차장에게 상황을 전하자, 그는 정중히 대응했고 주기적으로 내 자리를 확인해 주었다. 결국 계속 술을 마시던 승객은 역무원에게 적발돼 벌금을 물었고, 사태는 더 악화되지 않았다. 그럼에도 차장은 몇 차례 더 내 안부를 살폈다.

그러나 사람들은 대체로 낯선 한국인 여행자에게 호기심과 친절을 보였고, 곤란함에는 도움을 주려 했다. 식당칸에 등장한 외국인을 힐끗거리다가도 누군가 다가가 대화의 물꼬를 트면 기다렸다는 듯 너도나도 말을 걸기 시작했다. 순식간에 내 식탁은 보드카와 웃음으로 가득 차고 했다. 친해진 러시아 승객 세 명은 내가 걱정된다며 숙소 앞까지 함께 걸어가 주기도 했다. 앞장서서 걷는 그들의 모습이 어쩐지 든든하게 느껴졌다. 혼자 떠난 여행이었지만 그 순간만큼은 혼자가 아니었다.

바이칼 호수 투어에서는 외국인인 덕분에 더 따뜻한 관심을 받았다. 하얗게 얼어붙은 바이칼 호수 위, 그토록 단단하게 얼어붙은 물 위를 걷는다는 것 자체도 현실 같지 않은 경험이었고, 내가 추위에 떨 때면 가이드가 묵묵히 담요와 따뜻한 음료를 건네주었다. 언어는 통하지 않았지만 마음은 충분히 전해졌다. 언어가 통하지 않아도 손짓과 눈빛으로 전해지는 진심은 늘 닿았다.

이 나라에서는 내게 조용한 정과 묵묵한 환대를 가르쳐 주었다. 그들은 말보다 행동으로, 웃음보다 눈빛으로 마음을 전했다. 어느새 나도 러시아 사람들처럼 무표정한 얼굴로 창밖을 바라보다 누군가 다가왔을 때 조용히 손을 내밀 수 있는 사람이 되어 있었다.

그렇게 나는 기차를 타고 러시아를 겪었다. 짧다면 짧고, 길다면 긴 시간이지만 그 시간 속에서 나는 새로운 나를 발견하고 있었다. 바쁘게 지나쳐 온 지난 몇 년의 삶 속에서는 미처 느끼지 못했던 고요함과 여유. 움직이며 머무는 법, 낯선 공간에서 나만의 리듬을 만드는 법. 그 모든 걸 기차가 가르쳐주고 있었다.

눈 덮인 시베리아 평원이 여전히 창밖으로 펼쳐지고 있었다. 기차는 묵묵히, 그러나 확실히 앞으로 나아가고 있었다. 그 길 위에서 나는 또 한 걸음, 내 안으로 깊숙이 들어가고 있었다.

입국자 격리가 없었던 튀르키예에서의 환승 모먼트.

다시, 여행자가 될 수 있는 세상

모스크바에서 긴장된 공기를 뒤로하고 국경을 넘자, 분위기는 눈에 띄게 달라졌다. 거리에는 웃음이 돌아왔고, 오랜만에 호스텔에 들어서자 세계 곳곳에서 모여든 배낭이 복도를 가득 메우고 있었다. 주방에서는 국적을 가리지 않은 여행자들이 함께 요리를 하며 이야기를 나누고 있었다. 나는 그 익숙한 소란 속에서 비로소 다시 여행자가 된 기분을 느꼈다.

도시는 작지만 정돈되어 있었고, 사람들은 여유로웠다. 펍에서는 러시아에서 넘어온 청년들과 현지인들, 그리고 각지에서 온 여행자들이 어우러져 맥주잔을 부딪히고 있었다. 바베큐 파티가 열리는 날이면 모두가 한마음으로 고기를 굽고 노래를 부르며 춤을 췄다. 펜데믹이라는 어두운 터널을 지나와서인지, 이 소소한 일상조차도 특별하게 다가왔다.

가장 따뜻했던 순간은 리투아니아에서의 재회였다. 지난 여행에서 인연이 된 에스테야 가족이 다시 나를 반겨주었다. 소녀였던 아이는 어느새 고등학교 졸업을 앞둔 청년이 되어 있었고, 내게 언젠가 스스로도 여행을 떠나고 싶다고 조심스럽게 말했다. 그 눈빛 속에서 나는 과거의 나를 보았다.

베를린에서는 전쟁을 피해 온 우크라이나 여성을 만났다. 가족과 떨어져 혼자 지내고 있었지만, 케이팝 이야기에 웃음을 터뜨리며 나와 함께 거리를 걸었다. 브란덴부르크 문 앞에서 찍은 사진 속 그녀의 미소는 짧은 순간이었지만, 잃어버렸던 일상의 조각 같았다. 여행은 단순한 즐거움이 아니라 서로의 상처를 어루만지는 힘이 될 수 있음을 그때 알았다.

그리고 브뤼셀에 도착했을 때, 나는 실감할 수 있었다. 펜데믹은 정말로 끝났다는 것을. 거리에는 다시 웃음소리가 가득했고, 햇볕 아래 공원에서는 아이들이 뛰어놀고 있었으며, 유모차를 끄는 가족들의 얼굴에도 안도가 묻어났다. 숙소에는 세계 곳곳에서 모인 젊은 여행자들이 맥주를 마시며 이야기꽃을 피우고 있었고, 거리의 바에서는 매일 밤마다 라이브 음악과 함께 춤이 이어지고 있었다. 다시 걷고, 다시 웃고, 다시 마실 수 있다는 것. 그 단순한 사실이 얼마나 큰 축복인지 온몸으로 느끼고 있었다.

마치 여행이 다시 내 삶의 중심으로 돌아온 것만 같았다. 길 위에서 만나는 수많은 얼굴들이 반가웠고, 그들과 나누는 짧지만 깊은 인연을 소중히 대했다. 새로운 여행의 시작을 알리는 이 도시에서 나는 다시 기꺼이 그 안에서 살아가리라. 펜데믹과 전쟁을 지나면서 내가 배운 건, 세상이 얼마나 쉽게 닫힐 수 있는지, 그리고 그만큼 다시 열리는 순간이 얼마나 소중한지를 절실히 깨달았다는 것이다. 세상은 잠시 닫혀 있었지만, 서서히 열리기 시작했다. 그리고 나는 다시, 여행할 수 있는 세상 속에 서 있었다. 나는 다시 행복한 여행자가 되어 있었다.

이방인의 얼굴로 마주한 차별

여행에서의 기억은 대부분 좋은 사람들과의 만남으로 채워진다. 낯선 이가 건넨 친절한 말 한마디, 전혀 기대하지 않았던 따뜻한 손길, 언어가 통하지 않아도 느껴지는 미묘한 호감 같은 것들 말이다. 그런 순간들이 나를 계속 길 위에 머물게 한다. 하지만 아주 낮은 확률로, 정말 가끔은 이상한 사람도 만난다.

특히나 아시아 여성이라는 정체성은 내가 여행을 하면서 항상 등에 지고 가는 그림자였다. 라틴아메리카를 여행하던 초반에는 "치나", "칭챙총" 같은 말을 길거리에서 수시로 들었다. 처음에는 분노에 가까운 불쾌함이 올라왔다.

"나는 한국인이야!"라고 외쳐야만 속이 풀릴 것 같았다. 어떤 날은 그 말들을 너무 많이 들어서 하루 종일 기분이 가라앉기도 했다. 하지만 여행한 날이 늘어나고, 수많은 사람을 마주하고, 다른 문화와 충돌하고, 때로는 부딪히고 나면, 그런 말들은 그냥 무시할 수 있는 정도의 경험치가 되기도 했다. 단순한 무지에서 비롯된 소리쯤으로 받아들이며 넘기곤 했다. 다만 벨기에에서 겪은 인종차별은 워스트 오브 워스트였다. 이 나라에서 나는 가장 직접적이고 노골적인 차별을 마주했다.

호스텔 공용공간에서 저녁을 먹던 중, 한 중년 남성이 앉아 있었다. 처음엔 무심한 사람이라 생각했지만 곧 그의 중얼거림이 들려왔다. "중국인은 나가라." "여긴 유럽이야." 그런 말들이 반복됐다. 나를 향해 손가락질 하며 욕설을 퍼부었다. 다가오지는 않았지만, 분명히 나를 향한 말이었다. 내가 그를 바라보면 욕을 멈추고, 고개를 돌리면 다시 중얼거림이 시작됐다. 더 황당했던 건, 다른 여행자가 잠시 공용공간에 들어왔다 나갈 때마다 그는 아무 말도 하지 않았다는 점이다. 다시 말이 시작된 건, 공간에 우리 둘만 남았을 때였다.

처음에는 무시하려고 했다. 어쩌면 이 사람은 정신적으로 불안정한 사람일 수도 있고, 그러니 내가 아무 반응을 하지 않으면 곧 지쳐서 그만둘지도 모른다는 생각이었다. 하지만 욕설은 점점 길어졌고, 행동도 점점 더 도발적으로 변해갔다. 30분 가까이 지속되자 참기 어려워진 나는 식사를 멈추고 자리를 정리했다.

무대응으로 일관했던 내가 자리를 뜨려 하자, 그는 마치 내가 도망간다고 착각한 듯한 태도로 갑자기 큰 소리로 욕을 뱉었다. 그 순간, 내 안에서 무언가가 확 끊어졌다. 주섬주섬 가방을 챙기던 손을 멈추고, 카메라를 켰다. 그리고 성큼성큼 그에게 다가갔다. 내가 다가갈 거라고는 전혀 예상하지 못했던 듯, 그는 사색이 되었다.

"지금 한 말, 저에게 한 말이죠?" 그는 당황한 얼굴로 손을 휘저으며 말했다. "아니야, 너한테 한 말 아니야! 너 한국인이잖아? 난 그냥 중국인을 싫어해." 어처구니가 없었다. 공간에 우리 둘밖에 없는데, 도대체 그 말이 누구를 향한 것이었단 말인가. "우린 지금 둘밖에 없어요. 당신이 내게 손가락질하며 말한 거 다 들었고, 당신 행동은 차별이에요. 그걸 정당화할 순 없어요.” 그러자 그는 자기가 뭘 그렇게 잘못했냐는 태도로 변명하기 시작했다. “너는 내 아내도 아닌데 왜 잔소리를 해? 이건 내 의견일 뿐이야. 표현의 자유잖아.” 나는 숨을 깊게 들이쉬고 말했다. “그건 자유가 아니에요. 차별이에요. 잘못된 거에요.” 그는 점점 더 주눅이 들어 목소리를 낮췄고, 끝내는 조용해졌다.

나는 더 말을 이어가지 않고 조용히 리셉션으로 향했다. 상황을 설명하자 직원들은 곧바로 사과하며 괜찮냐고 물었다. 그들의 진심어린 위로를 건네며 즉시 공용공간으로 가서 문제의 남성을 확인했다. 알고 보니 그는 투숙객조차 아니었다. 그저 몰래 들어와 앉아 있었던 정체불명의 낯선 남자였다.

인종차별을 제대로 겪고 나니 뒤늦게 두려움과 당황스러움이 몰려왔다. 누군가는 그런 상황에선 피하는 게 낫다고 말한다. 특히 여성이 혼자일 경우, 상대가 위협할 수 있으니 절대 맞서지 말라고 한다. 물론 맞다. 물리적 위협이 예상된다면 그 자리를 벗어나는 것이 먼저다. 하지만 이번처럼 명백히 불쾌한 상황이 지속되고, 상대가 나를 시험하려는 듯 행동할 때, 침묵은 오히려 그를 더 부추길 수도 있다. 더 침착하게 대응할 수 있었을까, 하는 아쉬움도 남았다. 하지만 침묵했다면 더 얕잡아 봤을 것이다. 나는 그 순간의 선택이 최선이었다고 믿는다.

내가 배운 건 이것이다. 차별은 묵인하면 반복된다. 특히 서구 사회에서는 침묵을 동의로 받아들이는 경우가 많다. '아시아인은 조용하다', '잘 참는다'라는 편견은 이미 뿌리 깊다. 그러나 단호히 맞서 "그건 잘못된 말이에요."라고 말하는 순간, 상대는 흔들린다. 그들도 결국 불완전한 인간이기 때문이다. 여행은 나를 단단하게 키워 주었다. 나는 더 이상 침묵하지 않아도 된다는 걸 보여 주고 싶었다.

세상은 여전히 완벽하지 않다. 좋은 사람도, 나쁜 사람도, 이상한 상황도, 모든 것이 여행의 일부다. 하지만 우리가 서로의 경험을 나누고, 잘못된 것을 맞서고, 두려워하지 않을 때, 그 불완전함은 조금씩 균열을 내고 바뀌어간다. 그리고 나는 그 균열을 만드는 하나의 목소리가 될 수 있다는 걸, 그날 밤 조용히 되새겼다.

집도 직업도 '구하는 중',
영국 정착기

벨기에에서의 강렬한 경험을 뒤로 하고, 영국에 도착했다. 짙은 회색 구름이 드리운 겨울 하늘 아래, 런던은 습하고 쌀쌀했지만, 도시 전체는 반짝이는 크리스마스 장식과 조명으로 눈부시게 빛나고 있었다. 빨간색 전화부스와 검은 택시는 유럽의 중심이라는 런던의 위상을 상징하듯 전통적인 분위기를 풍기고 있었고, 반면 숙박비와 식비, 교통비는 나의 지갑을 빠르게 말려버리고 있었다. 하루 5만 원이 넘는 숙박비, 밥 한 끼에 만 원이 넘는 식사는 분명히 여행자에겐 사치였고, 장기 체류자에게는 위기였다. 이 도시에서 집과 직업을 구해 정착해야 했다.

낭만이 살아 있는 브라이튼의 거리.

정착할 도시를 고민하면서 나는 최종적으로 브라이튼을 선택했다. 런던에서 기차로 한 시간 정도 떨어진 이 해안 도시가 마음에 들었기 때문이다. 도시는 밝고 여유로웠으며 거리에는 예술적인 감성이 묻어났다. 무엇보다 바다가 가까워 마음을 끌었다. 팝스타 아델을 비롯해 수많은 예술가들이 이 도시에 머물렀다는 사실도 매력적이었다.

하지만 낯선 나라에서의 집 구하기는 생각보다 훨씬 어려운 일이었다. 90만 원 정도의 예산으로 괜찮은 집을 구해보겠다는 희망은 3일 만에 꺾였다. 쉐어하우스조차 비쌌고, 매물은 많지 않았다. 답장이 없는 집주인도 많았고, 드물게 보러 간 방은 햇볕 한 줄기 들지 않는 눅눅한 공간이거나, 너무 외곽이었다. 게다가 영국의 월세 시스템은 한국과 달리 집 전체를 통째로 임대한 후 방 단위로 나누어 쉐어하는 구조였고, 원룸은 거의 찾아볼 수 없었다. 이러첨 다양한 국적의 사람들이 모여 살다 보니 보증금 외에 직업, 수입 등을 확인하는 관행이 일반화되어 있었다. 직업이 없다는 이유로 신뢰를 얻지 못하는 경우도 많았다.

점점 초조해졌다. 내 선택이 과연 옳았는지 자문하게 될

즈음, 마침내 마음이 끌리는 방을 만났다. 영국 노부부와 그들의 아들과 함께 사는 집이으로 세 개의 방을 외부인에게 쉐어하는 구조였다. 깔끔하고 조용한 분위기가 마음에 들었고 월세는 예산에 초과되지 않는 96만 원이었다. 중심가에서 멀지 않았으며 정원에는 귀여운 크림색 고양이가 어슬렁거리고 있었다. 방 안엔 햇빛이 들어와 따스했다. 나는 그 방을 선택했고, 첫 집이 생겼다는 안도감에 나는 길게 숨을 내쉴 수 있었다.

다음 과제는 직업 구하기였다. 여행 유튜브 수입이 조금씩 들어오고 있었지만, 워킹홀리데이 비자의 의미를 살리기 위해서라도 현지에서 일하는 경험을 해 보고 싶었다. 가장 현실적인 선택지는 서비스업이었다. 문제는 내 영어 실력이었다. 인터뷰에서 몇 차례 좌절을 맛본 후, 결국 어학원을 등록하고 영어가 크게 필요하지 않은 서버 직종 위주로 지원서를 넣기 시작했다.

운 좋게도 브라이튼의 한 이탈리안 레스토랑에서 일을 시작했다. 사장과 메인 셰프는 이탈리아 출신이었고, 직원 대부분은 영국에서 정착을 꿈꾸는 이탈리아인들이었다. 그

외에도 영국 대학생, 중앙아시아에서 온 이민자, 아프리카 출신의 유학생 등 다양한 사람들이 함께 일하고 있었다. 처음엔 긴장했지만, 이내 이탈리아 특유의 유쾌하고 소란스러운 분위기에 조금씩 스며들었다. 이탈리아 사람들은 음식에 대한 자부심이 유별났다. 마르게리타 피자에 아보카도를 올려달라는 주문이 들어왔을 때, 셰프는 국자를 내려놓고 "이건 피자가 아니야!"라며 거부했다. 결국 매니저의 설득 끝에 투덜거리며 만들어냈지만, 주방의 정적과 긴장감은 잊을 수 없다. 아이를 위해 스파게티를 잘게 잘라달라는 요청이 들어왔을 때, 면을 자르던 직원의 표정은 신성모독을 당한 듯 굳어 있었다.

매일 출근할 때마다 무슨 일이 일어날지 알 수 없었다. 주문 실수, 예측 못한 고객 반응, 셰프들의 갑작스런 유머까지, 하루에도 수많은 돌발상황이 일어났다. 물론 언어 장벽에서 오는 어려움도 있었고, 문화적 차이에서 오는 오해도 있었지만, 그 모든 것을 하나씩 겪으며 나는 이 도시에 조금씩 적응해갔다. 완전히 이해하지 못해도, 함께 있는 것만으로 배울 수 있다는 걸 알게 되었다. 낯선 도시에서의 하루하루는 여전히 서툴렀지만, 집을 구하고, 일을 하고, 지친 몸으로 방에 돌아오는 그 일상은 묘하게 따뜻했다.

그렇게 시작한 브라이튼에서의 삶은 예상을 뛰어넘어 만족스러웠다. 낯선 도시, 낯선 집, 낯선 언어 속에서 나는 의외로 빨리 적응했고, 이탈리아 레스토랑의 웨이트리스라는 새로운 직업도 곧 나의 일상이 되었다. 처음엔 어색하기만 했던 어학원 친구들과도 금세 가까워졌고, 우리는 쉬는 날마다 해변을 거닐며 브라이튼의 바람과 햇살을 온몸으로 흡수했다. 촉촉하고 으스스한 겨울 속에서도, 나는 내나름의 따뜻한 온기를 만들어가고 있었다.

어학원 생활은 3개월을 끝으로 정리했다. 레스토랑에서 손님을 응대하며 쓰는 실전 영어가 무엇보다 큰 도움이 되었다. 매일 반복되는 주문, 실수, 사과, 웃음 속에서 언어는 어느덧 생활이 되어 있었다. 그곳에는 다양한 사람들이 함께 일했다. 이탈리아에서 이민 온 사람들, 영국 대학생들, 아프리카나 중앙아시아에서 일자리를 찾아 온 친구들까지. 나는 그들과 함께 접시를 나르고, 피자를 서빙하고, 때론 고된 하루를 끝내고 맥주 한 잔을 나누며 서로를 알아갔다.

브라이튼의 해변에서 한여름의 여유를 만끽하다.

식당은 항상 시끌벅적했고, 우린 매일 새로운 손님을 맞이하며 나름의 전쟁을 치렀다. 피크타임에는 테이블마다 벨을 울리듯 손을 들었고, 계산서가 잘못 나가거나 주문이 꼬이는 일도 잦았다. 그런 와중에도 팀원들끼리는 끈끈한 동료애가 생겼고, 서툰 나를 늘 도와주고 웃어주는 그들 덕에 나는 매일 조금씩 성장하고 있었다.

여름이 오자 브라이튼은 전혀 다른 도시가 되었다. 해안 도시답게 수많은 사람들이 해변으로 몰려들었고, 해질녘의 브라이튼 피어에는 버스킹과 소란한 웃음소리가 끊이지 않았다. 브라이튼은 성소수자 축제로도 유명한 도시였다. 유럽 최대 규모의 프라이드 퍼레이드는 말 그대로 도시 전체의 축제였다. 국제기업이 후원한 화려한 행렬부터 스스로의 존재를 드러내려는 개인까지, 춤과 음악이 어우러진 장면은 말로 다 설명하기 어려울 만큼 강렬했다.

나는 처음으로, 성소수자라에 대해 진지하게 생각했다. 그들은 다르지 않았다. 서로를 끌어안고, 노래를 부르고, 자유롭게 웃는 그 모습은 그 어떤 정치적 메시지보다 충분히 설득력이 있었다. 거리에는 무지개 깃발이 펄럭이고, 알록달록한 벽화는 햇볕을 받아 더욱 찬란했으며, 사람들은 자유로웠다. 그 속에 나도 있었다. 이제 나는 이방인이 아니라, 생활인으로서 브라이튼의 시간을 걷고 있었다.

야근이 불법인 나라

여름이 끝날 무렵, 런던으로 향했다. 브라이튼은 여전히 좋았지만, 익숙함은 서서히 지루함이 되었다. 더 큰 자극을 원했고, 런던은 그에 딱 맞는 도시였다. 다행히 이번에는 집을 구하는 과정이 한결 수월했다. 이미 직업이 있었기에 부동산 중개인을 통해 체계적으로 방을 구할 수 있었다. 존3에 위치한 새 쉐어하우스, 아늑한 방, 그리고 월세 130만 원. 브라이튼에 비해선 비쌌지만, 정직원으로 일할 계획이었기에 감당할 수 있는 수준이었다.

마침 집에서 도보 10분 거리에 있는 스타벅스에 구인공고가 붙었다. 한겨울에 4시 반이면 해가 지고, 버스비마저 비싼 런던에서, 걸어서 출퇴근할 수 있다는 건 축복이었다. 매니저였던 피터는 인터뷰 당시부터 나에게 호감을 보여 줬고, 트라이얼을 거쳐 정직원으로 채용되었다. 그렇게 나는 다시 일터로 들어갔다.

나와 동료들의 초록초록한 유니폼.

스타벅스는 레스토랑과는 또 다른 세계였다. 손님들은 더 빠르고, 더 까다로웠고, 직원들은 더 분주하고, 더 다양한 국적이었다. 단골들과의 짧은 농담, 외국인의 질문 세례, 가끔은 말도 안 되는 컴플레인까지. 런던 스타벅스에서의 하루는 예측불허였다.

스타벅스는 레스토랑과는 전혀 다른 세계였다. 손님들은 더 빠르고 까다로웠고, 직원들은 더 분주하고 다양한 국적이었다. 단골들과의 짧은 농담, 외국인의 질문 세례, 종종 말도 안 되는 컴플레인까지—매일이 예측불허였다. 경찰이 출동한 날도 있었고, 매일같이 에스프레소를 마시며 "네 커피가 최고야!"라며 윙크하던 손님도 있었다. 가장 까다로운 손님은 블랙티에 찬 우유를 정확히 맞춰 달라는 영국 할머니였다. 어느 날 아예 찬 우유를 따로 드렸더니, 오히려 감동했다며 두둑한 팁을 놓고 가셨다.

무엇보다 인상적이었던 건, 영국의 노동 환경이었다. 아무리 바빠도 정시퇴근이 철저히 지켜졌고, 일한 만큼 정확히 임금이 지급되었다. 하루는 마감 시간이 지났는데도 매장이 너무 바빠 보여 "5분만 더 돕고 갈게요."라고 했더니, 매니저 피터가 단호하게 말했다. "너의 업무 시간은 끝났어. 지금 도와주는 건 네가 착해서가 아니라, 회사가 불법이 되는 거야." 그 말은 내게 작은 충격이었다. 한국에서라면 눈치 보며 야근을 하고도, 정당한 보상을 받지 못하는 일이 허다했으니까.

런던은 브라이튼보다 더 거칠고 복잡했지만, 그만큼 역동적으로 살아있었다. 이탈리아식 웃음소리와 영국식 예절이 뒤섞인 카운터 뒤에서, 나는 매일 수많은 커피잔을 건네며 사람들을 관찰했고, 그 속에서 나도 조금씩 영국 사회의 일부가 되어가고 있었다. 커피 향이 사라지지 않는 손끝, 빠르게 오가는 잔돈, 그리고 때때로 찾아오는 고된 하루의 피로 속에서도, 나는 이 낯선 도시에서 살아가는 법을 배워가고 있었다.

두 도시에서 보낸 시간은 단순히 생계를 위한 일이 아니었다. 그것은 사람을 만나는 일이었고, 문화를 배우는 일이었고, 내 안의 또 다른 가능성을 확인하는 일이었다. 그렇게 나는, 또 하나의 계절을 영국에서 보냈다.

정착자의 여행

영국에 정착했다는 사실은 여전히 낯설었다. 직장이 생기고, 자주 가는 슈퍼마켓이 생기고, 누군가의 이름을 외우고, 내 이름을 기억해 주는 손님이 생기면서, 나는 점점 이곳 사람처럼 살아가기 시작했다. 하지만 그럴수록 내 안에서는 은근한 갈망이 피어올랐다. 나는 어쩌면 진짜 '정착'을 원하지 않는 사람일지도 모른다는 생각이 들었다. 마음 한구석에선 여전히 낯선 곳을 그리워하고 있었고, 언제든 떠날 수 있는 상태로 살고 싶었다. 정착한 채로 떠나는 법, 그것이 내가 택한 방식이었다.

영국에서의 워킹홀리데이는 생각보다 유연했다. 주 5일 이상 일하지 않았고, 서비스직 특성 덕분에 근무 스케줄도 자유롭게 조정할 수 있었다. 연차를 쓰는 데 눈치를 볼 필요도 없었다. 중요한 건 정해진 시간 안에 맡은 일을 제대로 해내는 것이었다. 덕분에 여행은 늘 가능했고, 나는 그 가능성을 놓치지 않았다. 마치 숨 쉬듯, 매달 한 번은 도시를 벗어났다.

첫 여행지는 아일랜드 더블린이었다. 집과 일을 정리하느라 정신없는 와중에도 미리 비행기 표를 끊어두었다. 3월 중순, 세인트패트릭데이라는 아일랜드 최대 축제가 열리는 시기였다. 축제도 목적이었지만, 무엇보다 다시 만나고 싶은 사람이 있었다. 산티아고 순례길에서 깊은 이야기를 나눴던 까미노 패밀리의 친구, 모이라였다.

더블린에 도착했을 때, 도시 전체가 초록빛으로 물들어 있었다. 가로수마다, 가게 유리창마다, 사람들의 머리카락 위마다. 초록색 모자와 니트, 온갖 장식들을 걸친 사람들이 거리를 가득 메우고 있었다. 세인트패트릭데이는 원래 종교적 의미의 축일이지만 지금은 아일랜드 전통과 문화를 축하하는 날이 되었다. 모이라도 초록색 니트를 입고 나를 맞이했다. 우리는 퍼레이드가 시작되는 시내 중심지로 향했고, 군악대와 댄서들이 지나갈 때마다 사람들은 함성을 질렀다. 맥주잔이 부딪히고, 아이리시 음악이 흘러나왔다. 모이라는 "올해는 팬데믹 이후 급하게 준비해서 축제가 엉성한 편이야"라며 웃었지만, 나에게는 그 모든 것이 마치 게임 속 세계 같았다. 초록 요정들이 사는 마을에 잠시 들어온 것 같았다.

퍼레이드가 끝난 후 모이라는 단골 펍으로 날 데려갔다. 벽돌로 지어진 오래된 건물 안, 어두운 조명 아래에서 기네스 생맥주가 거품을 토해내듯 흐르고 있었고, 사람들은 술잔을 부딪히며 어깨동무하고 호탕하게 웃었다. 그곳은 아일랜드의 온기와 소박함이 고스란히 담긴 공간이었다. 다음 날엔 트리니티 대학교의 롱룸 도서관에도 갔다. 해리 포터 시리즈의 팬인 나는, 영화 속 장면이 눈앞에 펼쳐진 듯한 그 도서관에서 오래도록 숨을 고르며 서 있었다. 오래된 책 냄새와 햇빛에 반사된 나무 바닥이 황홀하게 느껴졌다.

아일랜드에서 돌아온 지 얼마 지나지 않아 이번엔 이탈리아로 향했다. 목적지는 북부 도시 밀라노. 런던의 회색빛, 브라이튼의 바람과는 전혀 다른 감각이 기다리고 있었다. 햇살은 따뜻했고, 사람들의 표정은 열정적이었으며, 길거리 피자조차 감탄을 자아냈다. 영국에서는 좀처럼 느낄 수 없던 밝음이 있었다. 가장 기억에 남는 순간은 친구 집에 갑자기 묵게 된 날이었다. 어학원에서 만난 친구와 수다를 떨다 마지막 기차를 놓쳤는데, 그의 어머니는 "우리 집은 언제든 환영이야."라며 환하게 웃으며 우리를 맞아주었다. 낯선 나라의 낯선 부엌에서 친구 가족과 함께 식탁에 둘러 앉아, 나는 또 하나의 인연을 쌓았다.

이탈리아가 너무 마음에 들어서, 그 다음 달에도 또 갔다. 이탈리아는 도시마다 분위기가 달랐고, 갈 때마다 새로운 사람, 새로운 경험이 나를 기다리고 있었다. 파스타 한 접시에도, 골목길의 벽화에도 이야기가 깃들어 있었다. 그렇게 이탈리아는 내가 가장 사랑하는 유럽의 나라가 되었다.

짧은 연휴가 주어지면, 나는 주저하지 않고 배낭을 챙겼다. 오스트리아의 잘츠부르크, 덴마크의 코펜하겐, 때로는 스코틀랜드의 작은 마을까지. 가끔은 런던 근교 도시들을 훑었다. 아무 계획 없이 버스를 타고 도착한 마을의 정류장 옆에서 커피를 마시고, 오래된 골목을 걷다가, 이름 모를 가게에서 엽서를 사고. 그런 하루가 내게는 숨 쉬는 시간이 되었다.

그러다 문득 '해리포터 성지순례'를 떠올렸다. 오랜 팬이었던 나는 런던을 떠나기 전 꼭 하고 싶었다. 조앤 K. 롤링이 영감을 받은 에든버러의 골목길, 영화에 등장한 옥스퍼드의 도서관, 기차역의 9와 3/4 플랫폼…. 지도 위에 핀을 찍듯, 나는 해리포터의 세상을 따라 영국 곳곳을 여행했다. 비 오는 날의 호그와츠 풍경, 장난스러운 표정의 관광객들과 찍은 사진 속에서, 처음 여행을 시작했을 때의 설렘이 다시 살아났다.

짧은 여행을 다녀오고 나면, 다시 런던의 스타벅스로 돌아가 일했다. 손님들의 이름을 외우고, 커피를 만들고, 틈틈이 동료들과 농담을 주고받았다. 여행은 내게 에너지를 줬고, 그 에너지는 일상 속으로 자연스럽게 스며들었다. 아침에 눈을 떴을 때 침대 옆에 있던 배낭을 보며 다시 떠날 수 있다는 생각만으로도 하루가 가벼워졌다.

영국 워킹홀리데이의 목적은 단순히 돈을 버는 것이 아니었다. 오히려 그 반대였다. 나는 이 시간을 통해 외국에서의 삶이 나에게 맞는지를 확인하고 싶었고, 낯선 언어로 일하고, 살아보고, 때로는 헤매보며 나의 새로운 가능성을 확인하고 싶었다. 월세와 여행 경비에 수입의 대부분을 썼기에 통장에는 남는 게 거의 없었지만, 나는 이 생활에 조금도 후회가 없었다. 하나의 집에 머물고 있으면서도, 늘 떠날 준비가 되어 있는 삶. 영국에서의 워킹홀리데이는 그 가능성을 내게 처음으로 허락한 시간이었다. 누군가 정착을 삶이라 한다면, 나는 그 안에서 잠시 잠깐씩 떠나는 삶을 선택했다. 그 덕분에 나는, 매일을 조금 더 가볍고 자유롭게 살아갈 수 있었다.

영국에서 '살고' 있어도 나는 여전히 여행자였다.

공항에서 만난 남자

영국에 머무는 동안, 나의 삶은 어느새 '일하고, 여행하고, 돌아오고, 다시 일하는' 리듬을 타고 있었다. 런던이라는 대도시에서의 시간은 빠르게 흘러갔고, 나는 정해진 시간에 맞춰 커피를 만들고, 퇴근 후 짧게 마트에 들렀다가 집으로 돌아와 다시 다음 여행을 계획하는 생활을 반복했다. 그날도 마찬가지였다. 연차를 내고 여행을 떠나는 길, 런던 공항은 여느 때처럼 북적였고, 내 비행기는 '연착'이라는 딱지를 단 채 탑승 게이트 앞에서 꼼짝없이 멈춰 있었다. 어깨에 걸친 배낭이 점점 무겁게 느껴졌고, 나는 탑승구 근처 벤치에 앉아 샌드위치를 꺼내 들었다. 조금 지루하고, 조금 피곤한 기다림 속에서 옆자리에 앉은 남자가 말을 걸었다.

"비행기 연착됐더라." 영국에 있다 보면 이런 스몰톡은 낯설지 않았다. 특히 공항처럼 같은 처지의 사람들이 모인 공간에서는 더 자연스럽게 말을 건넬 수 있었다. 나는 씹던 샌드위치를 삼키며 웃었다. "그러게요. 연착이 안 되면 이상한 런던이죠." 그 짧은 농담 하나로 우리는 자연스럽게 대화를 이어갔다.

그는 키가 크고 금발에 초록빛 눈을 가진 전형적인 유럽인이었지만, 묘하게 부드러운 말투와 편안한 태도를 지니고 있었다. 런던에서 IT 관련 일을 하고 있고, 취미는 클라이밍이라며 연차를 내어 산을 오르러 간다고 했다. 이번 여행도 그 때문이라고. 당시 나는 브라이튼에서 런던으로 막 이사한 지 얼마 되지 않았을 때였고, 그와 나눈 대화는 묘하게 반가웠다. 그는 내 연락처를 물으며 "언젠가 같이 산에 가자."고 웃어 보였다. 공항에서 헤어질 땐, 그저 스쳐 지나가는 인연 중 하나로 기억될 거라고 생각했다.

하지만 여행 중에도 그는 간간히 안부 메시지를 보내왔고,

여행지의 사진을 공유했다. 나도 런던으로 돌아와 그에게 답장을 보냈다. 우리는 조금씩 서로의 일상을 나누기 시작했다. 내가 스타벅스에서 일하며 만난 특별한 손님 이야기, 유튜브 촬영 중에 있었던 소소한 에피소드들. 그는 자신의 직장에서 있었던 일, 요즘 꽂힌 클라이밍 루트, 그리고 좋아하는 커피 취향 같은 것들을 공유했다.

주말이면 우리는 함께 시간을 보냈다. 런던 시내를 걷고, 공원에서 피크닉을 하고, 가끔은 근교 도시로 짧은 여행도 떠났다. 그는 정중하고 배려심 깊은 사람이었고, 말투 하나에도 신중함이 묻어났다. 나는 그와의 대화를 통해 영어 실력이 눈에 띄게 늘어가는 것을 체감했다. 그의 정갈한 문장을 따라 연습했고, 대화 속에서 새로운 표현들을 자연스럽게 익혔다.

우리는 국적도, 문화도 달랐다. 그는 유럽 사람으로 아시아에 가본 적이 없었고, 내가 자라온 한국이라는 나라에 대해 아는 것도 거의 없었다. 하지만 그는 내가 이야기해 주는 문화와 풍경에 귀 기울였고, 내가 들려주는 어린 시절의 이야기를 재미있어 했다. 다만, 내가 어릴 때 즐겨보던 만화, 익숙한 음식 냄새, 명절 풍경처럼 그에게 설명하기 어려운 감정이나 풍경들이 있었다. 함께 웃기엔 너무 개인적인 기억, 함께 추억할 수 없는 역사. 그런 점이 문득문득 거리감처럼 느껴져 아쉬움도 남았다. 그럼에도 불구하고 그는 항상 "더 알고 싶다."고 말했고, 그 말은 나를 기쁘게 했다.

그는 내 삶에 대해서도 물었다. 내가 어떤 일을 하는지, 왜 영국에 왔는지, 왜 그렇게 자주 여행을 다니는지도 물었다. 나는 나의 삶이 보통의 삶은 아니지만, 이 삶이 나에게 맞는 길이라고 설명했고, 그는 그런 나를 존중해 주었다. 함께 있는 시간이 즐겁고 서로에 대해 배우는 것이 재미있었기에, 자연스럽게 만남을 이어갔다.

겨울이 오고 있었다. 런던의 겨울은 여전히 무겁고 어두웠고, 나는 그 계절이 가까워질수록 점점 더 이곳을 떠나고 싶어졌다. 물론 비자는 1년 더 남아 있었지만, 처음부터 영국에서 사계절을 보내고 떠나겠다는 계획을 세워두었고, 그 시간은 거의 다 다가오고 있었다.

나는 어느 날 그에게 조심스레 말했다. 몇 달 뒤, 영국을 떠날 생각이라고. 그는 잠시 말을 멈췄지만 곧 고개를 끄덕였다. 그는 이미 영국에 직장을 두고 있었고, 이곳에서 생활을 이어가야 했다. 나도 내가 떠나야 한다는 것을 알고 있었고, 그는 억지로 붙잡지 않았다. 우리는 서로의 상황을 담담히 이해했다.

그 후에도 우리는 주말마다 산책을 했고, 함께 밥을 먹으며 소소한 대화를 이어갔다. 조용하고 따뜻한, 일상에 가까운 연결이었다. 나는 그에게서 국적이나 언어보다 중요한 것이 '사람의 태도'임을 배웠다. 정중함, 존중, 그리고 배려. 그 덕분에 나는 타인의 언어로도 내 마음을 표현하는 법을 조금씩 익혀갔다.

한국에서는 국제커플에 대한 궁금증이 많다. 흔하지 않아서, 신기해서, 때로는 걱정 섞인 호기심도 따라온다. 하지만 영국이나 유럽에선 그런 질문조차 드물었다. 누군가를 만날 때 그 사람의 국적보다, 대화가 통하는지, 가치관이 맞는지, 함께 있는 시간이 편한지가 더 중요했다. 나도 점점 그렇게 생각하게 되었다.

영국에서의 마지막 계절

영국의 겨울은 예고도 없이 찾아왔다. 사실 예고는 있었다. 날씨가 안 좋기로 유명한 나라라는 건 이미 알고 있었고, 회색빛 하늘과 자주 내리는 비에 대한 이야기도 수도 없이 들었으니까. 하지만 그걸 '사는 사람의 입장'에서 체감하는 건 완전히 다른 일이었다.

9시가 넘어야 겨우 해가 뜨고, 4시가 되면 어둠이 다시 밀려왔다. 짧아진 낮과 길어진 밤, 그리고 하루하루 반복되는 흐린 하늘. 해가 떴다 싶으면 곧 구름이 덮었고, 파란 하늘을 본 날은 손에 꼽을 만큼 적었다. 나는 맑고 따뜻한 날씨를 좋아하는 사람이었다. 해가 비추는 날이면 밖으로 나가 산책을 하고, 햇살을 맞으며 커피 한 잔을 마시는 그런 소소한 즐거움을 좋아했다. 그런데 영국의 겨울은 그 작은 여유마저 허락하지 않았다.

우울감은 서서히, 그러나 분명하게 다가왔다. 특히 크리스마스와 새해가 다가올 무렵, 그 감정은 절정에 이르렀다. 영국에서 크리스마스는 가장 큰 명절이다. 한국의 설날이나 추석처럼, 가족과 함께 보내는 소중한 시간. 도시 전체가 고요해지는 이 시기, 런던의 거리에는 차도, 사람도 거의 없었다. 텅 빈 거리와 닫힌 상점들, 어디를 가도 반겨주는 소리 없는 분위기 속에서 나는 유난히 더 외로움을 느꼈다.

크리스마스 연휴 동안 나처럼 타지에 온 외국인들은 삼삼오오 모여 홈파티를 하며 외로움을 달래곤 했다. 나도 친구들과 함께 파티를 열고, 서로의 음식과 문화를 나누며 웃었다. 하지만 그 웃음 뒤에 남은 공허함은 쉽게 채워지지 않았다. 그것은 단순히 사람들과 어울리지 못해서 생기는 외로움이 아니었다. 어딘가에서 벗어나 살아가는 사람만이 느낄 수 있는 깊은 정서, 언어와 문화의 바깥에 서 있는 감정, 그 누구도 채워줄 수 없는 고요한 외로움이었다. 이 계절을 끝으로, 정말 영국을 떠나야겠다고 생각했다. 사 계절을 모두 겪어보겠다는 마음으로 시작한 생활이었으 니, 이번 겨울이 마지막 챕터였다.

생활은 더욱 힘들어졌다. 내가 살던 집은 100년이 넘은 오 래된 건물이었다. 겉보기엔 운치 있었지만, 그만큼 불편한 것도 많았다. 난방은 약했고, 바람이 드는 틈이 많았다. 외 풍을 막기 위해 두꺼운 커튼을 달았지만, 방 안 공기는 항 상 싸늘했다. 하루 대부분을 침대 속에서 웅크린 채 보내 야 했고, 밖으로 나가는 게 점점 더 귀찮아졌다. 나는 활동 적인 사람이었다. 밖에서 햇살을 받으며 걷는 걸 좋아했 고, 사람들과 어울리는 걸 즐겼다. 그런데 겨울이 나를 눌 렀고, 움츠리게 했다.

하우스메이트 중 한 명은 시간이 지날수록 성격이 까칠하 게 드러났다. 새벽 6시에 세탁기를 돌려 모두를 깨우거나, 공용 전기·가스를 쓰면서 충전은 하지 않는 일이 반복됐 다. 공동생활의 최소한이 지켜지지 않으면서 나는 점점 지 쳐갔다. 게다가 악명 높은 영국 부동산의 민낯까지 겪어야

했다. 이사 준비를 하며 보증금 반환을 요구했을 때, 부동
산은 전기·가스비 초과 사용분을 이유로 금액을 차감하겠
다고 했다. 계약서에는 없는 조항이었지만, 그들은 태연했
다. "이곳에선 흔한 일"이라는 듯, 떠나는 세입자는 어차피
크게 따지지 못할 거라는 태도였다. 나는 강하게 항의했지
만 결국 약 30만 원 정도의 보증금을 돌려받지 못했다.

그래도, 완전히 나쁜 기억만 있었던 건 아니다. 3월 초, 스
코틀랜드 여행을 끝으로 스타벅스에서의 마지막 근무를
마쳤다. 함께 일하던 동료들은 나를 위한 작별 파티를 준
비해 주었다. 소박했지만 진심이 느껴졌다. 매일 바쁜 매장
속에서도 서로를 챙기고, 웃음을 나누던 시간들이 떠올랐
다. 그들은 내가 런던에서 살아낼 수 있었던 큰 이유 중 하
나였다.

루마니아 출신 하우스메이트 언니도 기억에 남는다. 그는
열여덟 살 딸이 있었는데, 크리스마스에 딸이 런던을 찾았
을 때 셋이 함께 작은 식당에서 조촐한 저녁을 먹었다. 따
뜻한 조명 아래 서로 다른 언어와 문화 속에서 마주 앉은
세 사람이 이상하게도 가족처럼 느껴졌다. 언니는 나중에

새로 만난 남자친구도 소개해 줬다. 그 순간, 그녀의 인생이 또 다른 장으로 넘어가고 있음을 느낄 수 있었다.

세계여행 초창기 터키에서 만났던 중국인 친구와의 재회도 특별했다. 그는 영국에 정착해 있었고, 낯선 도시에서 길을 헤맬 때마다 도움을 줬다. 힘들 때 조언도 아끼지 않았다. 그 고마움에 보답하고 싶어 연말에는 그와 그의 남자친구에게 템즈강 유람선에서 새해 불꽃놀이를 볼 수 있는 티켓을 선물했다. 차가운 겨울밤, 칠흑 같은 하늘에 터지던 불꽃처럼 우리의 인연도 반짝이기를 바랐다. 떠올려 보니 모두 다정한 사람들과의 인연이다.

이제 떠날 날이 다가왔다. 짐을 정리할수록 집 안에서 내 흔적이 하나둘 사라졌다. 익숙했던 거리, 단골 슈퍼마켓, 매일 지나던 공원의 나무들, 출근길마다 "쏘리"를 외치며 길을 양보해 주던 영국 사람들까지. 모든 것이 내 일상의 조각이었다.

나는 런던에서 총 1년 3개월을 살았다. 처음엔 1년만 지내려 했지만, 계절을 모두 겪다 보니 자연스레 조금 더 머물게 됐다. 그리고 이제는, 떠날 때가 온 것이다. 끝났다는 안도감, 햇살이 내리쬐는 곳으로 가리라는 기대감, 무언가를 남기고 간다는 아쉬움 등 복잡한 감정이 밀려왔다. 그 모든 감정이 내 배낭 속에 차곡차곡 담겼다.

영국에서의 마지막은 힘든 겨울이었다. 하지만 돌이켜보면 그 겨울 덕분에 봄이 더 간절해졌고, 더 감사해질 수 있었다. 내가 떠나는 그날, 런던의 하늘은 어쩐 일인지 맑았다. 햇살이 따뜻했고, 기온도 포근했다. 마치 이 도시가 나의 떠남을 축복해 주는 것만 같았다. 그리고 나는 그렇게, 또 다른 계절을 향해 떠났다. 런던의 겨울을 온전히 살아냈다는 뿌듯함과, 그 안에서 만난 따뜻한 인연들을 품고. 나는 다시 '여행자'라는 익숙한 정체성으로 돌아가고 있었다. 이번엔 조금 더 단단해진 마음으로, 조금 더 여유로운 눈으로, 또 다른 세계를 마주할 준비가 되어 있었다.

햇살 아래를 걷는 즐거움

런던에서 정든 이들과 작별하고, 물기 어린 겨울을 지나온 짐은 묵직했지만 내 마음은 오히려 가벼웠다. 무거운 도시의 공기와 길어진 겨울밤에 집 안 구석까지 파고들던 한기의 틈바람 속에서 다시 꿈꾸던 길 위에 선 까닭이다. 그 시작점으로 택한 곳은 포르투갈이었다. 이전에 걸었던 프랑스 순례길처럼 이번에도 '길'이 나를 정리해 줄 것이라고 믿었다.

아직 우기가 끝나지 않은 3월의 포르투갈은 비와 햇살이 하루에도 몇 번씩 교차했다. 하지만 영국의 뿌연 회색빛과는 비교도 안 될 정도로 따뜻하고 환했다. 포르토에서 산티아고 콤포스텔라까지 이어지는 약 250킬로미터의 길은 열흘 남짓이면 완주할 수 있는 여정이었다. 프랑스길의 거친 고갯길과 수많은 순례자들이 떠오르던 그 시절과는 다르게, 이번 여정은 어딘가 더 유순했고 더 개인적이었다.

길 위엔 '나'만 있었다. 까미노 알베르게(순례자 숙소)는 있었지만, 시즌이 이르기도 했고 짧은 여정이라서 그런지 하루 종일 사람도 마주치지 않고 걷는 날이 많았다. 나 홀로 도시가 아닌 마을과 마을 사이를 잇는 해안길을 걷고 있으면, 대서양의 짠 바람이 귓가를 스치고, 저 멀리 수평선 너머에서 반짝이는 햇살이 나를 반겨주었다. 걷다 보면 한순간에 피로가 몰려오기도 하고, 반대로 이유 없이 마음이 편안해지기도 했다. 나는 이 걷기의 감정을 누구보다 잘 알고 있었다. 프랑스 순례길에서 배운 것이기도 하다. 무겁게 내려앉은 머릿속을 해풍에 맡기고, 슈퍼에서 산 사과를 한입 베어 물고, 바닷가 벤치에 앉아 커피를 마시는 일상. 도착보다 과정이 주는 충만함을 나는 알고 있었다.

해안 마을에서는 신선한 해산물과 와인이 곁들여졌고, 포르투갈 특유의 작고 예쁜 골목들, 돌담에 핀 이름 모를 꽃들, 바람에 날리는 세탁물까지 모든 것이 그림 같았다. 한 마을에서 만난 노부부는 순례자라면 꼭 에그타르트를 먹고 가야 한다며, 자신들이 제일 좋아하는 가게를 알려주셨다. 그 따뜻한 타르트를 들고 해변 벤치에 앉아 먹는 순간, 내가 또다시 까미노에 돌아왔음을 실감했다.

특별한 사건이 있는 건 아니었다. 아프리카나 인도처럼 거칠지도, 극적인 만남이 있지도 않았다. 하지만 이 길은 나를 아주 부드럽게 감싸주었다. 그건 마치 오랜만에 찾은 고향 마을 같은 감정이었다. 낯설지만 익숙하고, 고요하지만 풍부한 여운이 있는 길. 정착과 이동 사이에서 갈팡질팡했던 나에게 이 길은 명확한 사인을 주고 있었다.

너무 오랫동안 타인의 시선을 신경 쓰며 살았고, 정해진 루틴 안에서 내 감정을 억누르며 일해 왔던 날들이 있었다. 런던이라는 대도시에서 수없이 많은 사람들과 부딪히며 느꼈던 정체성의 혼란, 문화적 차이, 관계의 어려움들. 그 모든 것들이 이 조용한 포르투갈 길에서 하나씩 정리되었다.

'나는 여행자로 돌아왔구나.'

어떤 사람들은 순례길이 종교적인 의미를 가진다고도 하지만, 내게 순례는 늘 '정리의 과정'이었다. 나를 이해하고, 지난 시간을 되돌아보고, 또 다가올 시간을 준비하는 사색의 시간. 포르투갈 순례길은 그런 면에서 프랑스길과는 또다른 회복의 시간을 선물해 줬다.

포르투갈과 스페인 북부 갈리시아 지역을 지나며 만난 숲, 돌담길, 바다, 해넘이, 그리고 그 속에서 잠깐 스친 이름 없는 사람들. 걷는 내내 하루하루가 선물처럼 주어졌다. 목적지에 가까워질수록 마음 한구석이 아쉬워졌지만, 동시에 나 자신이 점점 더 단단해지고 있다는 걸 느꼈다.

숨을 멈추고 나를 만나다

포르투갈의 햇살을 뒤로한 채 나는 중동으로 향했다. 이번엔 무언가를 배우고 싶었다. 지난 세계여행에서는 예산과 시간, 그리고 마음의 여유가 부족해 지나치기만 했던 것들을 이번엔 제대로 마주하고 싶었다. 그래서 프리다이빙을 배우기 위해 이집트의 작은 해안 마을, 다합으로 갔다.

아랍어로 '황금'을 뜻하는 이름처럼 다합은 정말 빛나는 마을이었다. 카이로에서 열 시간을 달려야 닿을 수 있는 이곳은 이집트 수도와는 전혀 다른 분위기를 품고 있다. 피라미드도, 스핑크스도 없는 다합은 사막과 바다, 그리고 바람만이 존재하는 조용한 공간이다. 한때 유럽 배낭여행자들이 히피처럼 정착해 살던 그 명성 때문인지 '여행자들의 블랙홀'이라는 별명처럼 한 번 빠지면 나오기 어려운 마법 같은 분위기를 지니고 있었다.

하지만 다합이 여행자들에게 사랑받는 진짜 이유는 따로 있다. 바로 '다이빙'이다. 특히 프리다이빙과 스쿠버다이빙을 배우기에 전 세계에서 손꼽히는 장소로 알려져 있다. 다합은 홍해를 끼고 있어 시야가 맑고 조류가 적으며, 아름다운 산호와 물고기로 가득한 바다를 품고 있다. 그럼에도 불구하고 물가는 저렴하고, 숙박, 강습까지 포함된 패키지 가격이 믿기지 않을 정도로 합리적이다. 여기에 '블루홀'이라는 세계적인 프리다이빙 명소가 인접해 있어, 다이빙을 꿈꾸는 사람들에게는 더없이 매력적인 곳이다.

나는 그 바다에서 프리다이빙을 배웠다. 프리다이빙이란 장비 없이 숨을 참고 바다로 잠수하는 해양 스포츠다. 오로지 폐에 담긴 공기만으로 깊은 물속을 헤엄친다. 숨을 참고 내려가는 동안 느껴지는 압력과 고요함은 나 자신과의 대화를 나누는 자리였다. 단순히 수심을 기록하는 운동이 아니라, 나 자신을 마주하는 여정이라는 말이 어쩌면

가장 정확할 것이다.

강습을 시작한 날, 나는 약간의 긴장감과 많은 설렘을 품고 바다로 향했다. 강사는 나보다 조금 어린 한국인 여성이었는데, 알고 보니 국가대표 프리다이버였다. 매일 아침 7시, 우리는 모래사장을 맨발로 걸어 바다로 향했다. 그 길은 늘 고요했지만 내 마음은 하루하루 소란스러웠다. "오늘은 몇 미터까지 내려갈 수 있을까?" "내가 숨을 참고 버틸 수 있을까?" 이런 질문들이 머리를 맴돌았다.

숨을 들이쉬고, 천천히 내쉬고, 다시 한 번 크게 들이마신 뒤, 몸을 가볍게 가라앉힌다. 프리다이빙의 기본 호흡법을 '프렌젤'이라고 하는데, 나는 이 기술을 익히는 데 꽤 애를 먹었다. 귀가 아프고, 가슴이 먹먹했지만, 함께 연습하는 강사와 다이버 친구가 끊임없이 격려해 줬다. 우리는 매일 바다에서 숨을 멈추고 서로를 지켜보며 내려갔다. 나중엔 하루도 빠지지 않고 바다에서 시작되는 일상이 자연스러워졌다.

처음엔 3미터도 두려웠다. 귀가 아프고, 가슴은 먹먹했지만, 숨을 고르고 다시 내려갔다. 5미터, 8미터, 그리고 마침내 12미터. 수면 위에서 강사의 "합격이야!"라는 말이 들렸을 때, 세상을 다 얻은 듯했다. 누군가에겐 작은 기록일지 몰라도, 내게는 두려움을 넘어선 용기였다.

프리다이빙을 하며 가장 좋았던 점은 바다 속 고요함이었다. 수면 아래로 몸을 맡기면 세상은 완전히 다른 차원이 된다. 사람도, 소리도, 감정도 멀어진다. 오직 나의 호흡, 내 심장 소리만이 또렷하게 들릴 뿐이다. 그렇게 고요한 바다 속에서, 나는 오히려 내 안의 시끄러운 생각들을 들을 수 있었다. 무엇을 좋아하는지, 무엇을 두려워하는지, 어떤 삶을 살고 싶은지. 그리고 마침내 바다를 정말 사랑한다는 것을 깨달았다. 육지 위에서 트레킹을 할 때도 좋았지만, 바다 위에 떠 있을 때 느끼는 평온함은 또 다른 종류의 위안이었다. 단지 새로운 취미를 하나 배운 것이 아니라, 나의 새로운 모습을 발견한 기분이었다.

숨을 들이쉬고, 더 멀리, 더 깊게, 나아간다

자격증을 딴 후에도 나는 바다를 떠나지 못했다. 스쿠버다이빙에 도전했고, 해저를 자유롭게 유영하며 새로운 세계를 만났다. 프리다이빙이 명상이라면, 스쿠버는 탐험이었다. 나는 어드밴스드 자격증까지 따내며 또 하나의 문을 열었다.

이번 여정이 특별했던 건 '언젠가' 하고 싶었던 일을 '지금' 해냈다는 점이었다. 영국 워킹홀리데이 동안 일하며 모은 돈과 유튜버라는 직업을 통해 얻은 자율성이 나에게는 든든한 자산이 되었고, 그 덕에 다합의 바다에서 나를 시험하고 성장시킬 수 있었다. 내게 다이빙은 단순히 수심을 재는 운동이 아니라, 삶의 방향을 조금 더 명확히 비추어주는 등대와 같았다. 숨을 참는 그 짧은 순간, 오히려 더 깊고 선명하게 나를 마주할 수 있었다. 아마도 그래서 다합을 다녀온 사람들은 모두 "다합에 또 가고 싶다"고 말하는 걸까.

아프리카 대륙을 가로지르다

수단 내전으로 여정의 첫 문이 닫혔다. 원래 계획대로라면 이집트에서 육로로 내려와 수단을 지나 에티오피아로 향하려 했지만, 국경이 봉쇄되었다는 소식을 들은 순간 긴장이 목덜미를 타고 내려왔다. 하지만 돌아서지 않았다. 나는 어린 시절 《나는 늘 아프리카가 그립다》라는 책을 읽고, 그 이름도 막연한 대륙을 마음속에 품어왔다. 나이가 들며 줄거리는 희미해졌어도, '아프리카'라는 이름만큼은 여전히 강렬했다. 그때 품었던 막연한 그리움은 이제 '육로로 아프리카를 종단한다'는 버킷리스트가 되어 있었다. 여자 혼자서는 지금 이 시대에도 쉽지 않은 도전이라는 건 알았지만 그래도 시작하기로 했다.

이집트 카이로에서 수단 국경이 있는 아부심벨까지 내려 갔다가, 다시 카이로로 올라와 비행기를 탔다. 그렇게 도착한 곳은 에티오피아의 수도 아디스아바바였다. 공항에 내린 순간, 나는 전혀 다른 세계에 발을 들였음을 실감했다.

유럽의 여운이 남아 있는 중동과는 전혀 달랐다. 이곳은 피부색도, 언어도, 생활방식도 완전히 다르다. 에티오피아는 아프리카에서 유일하게 식민 지배를 받지 않은 나라로, 그만큼 고유의 문화와 전통이 살아 있었다. 그러나 자부심 뒤편에는 빈곤과 무너진 인프라, 그리고 전쟁의 상흔이 또렷했다. 북부 티그라이 내전과 수단 국경을 넘어온 피난민들, 도시 곳곳은 마치 억지로 숨을 쉬는 듯했다. 먼지와 매연으로 뒤덮인 회색빛 공기를 들이마시며, 나는 이상이 아닌 현실의 아프리카를 받아들여야 했다.

다행히도 영국에서 알게 된 에티오피아 친구의 사촌동생이 이곳에 있어 도시를 함께 둘러볼 수 있었다. 그는 나를 전통 음식점으로 데려가 인제라라는 음식을 소개해 주었고, 에티오피아 공연과 대학 캠퍼스를 안내하며 도시의 활기를 보여 주었다. 덕분에 이 생경한 나라에서 얼어붙었던 나는 다시 안정을 찾을 수 있었다.

며칠 뒤, 나는 더 깊은 아프리카로 들어가고 싶었다. 목적지는 소말리아 국경 인근의 고지대 도시 하라르이다. 직접 소말리아를 여행할 수는 없기에, 이슬람 문화와 소말리아인의 삶이 녹아 있는 이곳이 좋은 대체지가 될 것이라 생각했다. 하지만 하라르로 가는 여정은 생각보다 험난했다. 에티오피아는 대부분의 도로가 단차선이며 상태도 매우 나쁘다. 사정이 안 좋은 도로를 지나칠 때마다 버스는 롤러코스터처럼 요동쳤다. 도로 옆으로는 전복된 차량이 방치되어 있었고, 원숭이 떼가 갑자기 도로를 가로지르기도 했다. 시골로 갈수록 총을 든 어린 아이들이 종종 보였다. 숨이 멎을 듯 긴장되는 순간의 연속이었지만, 도시를 벗어난 들판은 평화로운 초록으로 물들어 있었다.

하라르에 가까워질수록 소말리아계 인구 비율이 높아졌다. 휴게소에 멈출 때마다, 사람들은 내게 어디서 왔냐고 물었고, 내가 "코리아."라고 말하면 다들 "차이나?"라고 되묻곤 했다. 사실 에티오피아에서 동양인을 중국인으로 오해하는 건 흔한 일이었다. 중국의 도로건설 인력들이 많기 때문이다. 어느 날, 숙소에서 인도인 여행자가 분노에 가득 차 씩씩대며 돌아오는 걸 보았다. 그가 말하길, 길에서 사람들이 자기를 보고 "차이나!"라고 외쳤다고 한다. 옆에 있던 독일인도 같은 경험을 했다고 말했지만, 나는 그저 조용히 웃고 말았다. 나에겐 이미 익숙한 일이었으니까.

하라르에서는 여러 충격을 받았다. 아디스아바바 때와는 차원이 달랐다. 처음 도시에 발을 디디자마자 수십 명의 10대 소년들이 몰려와 내 가방을 열려고 했고, 나는 액션 카메라로 그들의 손을 쳐가며 간신히 도망쳤다. 아이들의 눈빛은 하이에나 같았다. 실제로도 하라르는 하이에나로 유명한 도시였다. 밤이 되면 야생 하이에나들이 마을로 내려와 쓰레기통을 뒤지곤 했다. 몇몇 주민들은 하이에나에게 먹이를 주며 관광 상품화시켰다.

더한 충격은 하라르를 떠나며 맞이했다. 아디스아바바로 돌아가기 위해 버스표를 구하려 했지만 이미 매진된 상황이었다. 그래서 중간 도시까지 가는 편도로 계획을 바꿨다. 그 마을에 도착한 날, 유일한 호텔에 짐을 풀고 동네를 산책하던 중이었다. 멀리 교차로 쪽에 사람이 쓰러져 있었고, 처음엔 노숙자인 줄 알았다. 가까이 다가갈수록 이상한 기운이 감돌았다. 숨소리도, 미세한 움직임도 없었다. 순간 날아오른 파리떼, 시체에서 퍼지는 악취, 그리고 악몽 같은 공포를 느꼈다. 나는 얼어붙은 채로 길을 건넜고, 호텔에 돌아오자마자 프론트 직원에게 상황을 설명했다. 그는 너무도 덤덤하게 말했다. "곧 차가 와서 데려갈 거야."

나는 그날 방 안에서 아무것도 할 수 없었다. 몸이 떨리고, 입맛이 사라졌다. 하지만 밤이 되자, 무언가라도 먹어야 할 것 같아 식당으로 향했다. 피자를 한입 물며 문득 낮의 일이 떠올랐다. 한 사람의 죽음을 마주한 지 몇 시간 만에, 나는 따뜻한 음식을 씹고 있다는 사실이 너무나도 아이러니하게 느껴졌다.

나는 여행 유튜버다. 언제나 카메라를 들고 다닌다. 하지만 그날만은 촬영 버튼을 누르지 않았다. 남의 죽음을 콘텐츠로 삼을 수는 없었다. 인간으로서의 윤리, 여행자로서의 존엄이 스스로를 멈추게 했다. 그날 밤부터 아디스아바바에 돌아올 때까지, 나는 죽음이라는 주제를 계속 곱씹었다. 아프리카는 내가 상상하던 이상향이 아니었다. 하지만 동시에 너무나도 강렬하고, 눈을 뗄 수 없는 삶의 현장이기도 했다. 위험과 아름다움, 생과 사가 공존하는 대륙. 이 여정은 단지 나의 여행 버킷리스트를 채우는 것 이상의 의미가 되어가고 있었다.

다시 돌아온 아디스아바바에서 이번에는 남쪽으로 향하는 버스에 몸을 실었다. 아프리카 종단이라는 거대한 여정의 두 번째 막이 오르는 순간이었다. 아프리카 대륙은 낮엔 무덥고 밤엔 위험했다. 특히 에티오피아는 동아프리카 국가 중에서도 가난한 축에 속했다. 도로는 1차선이 대부분이고, 교통 인프라는 극도로 열악하다. 밤에는 도시 외곽에 강도들이 많아 버스는 아예 운행을 하지 않고, 심지어 택시조차 도시를 벗어나지 않으려 한다. 결국 나는 한낮의 열기와 먼지를 견디며 계속 버스를 갈아타는 여정을 택할 수밖에 없었다.

가장 먼저 도착한 곳은 아와사였다. 에티오피아 남부의 이 도시는 비교적 평화로우면서도 호수가 아름답기로 유명하다. 아디스아바바의 혼란과 긴장을 벗어나 처음으로 숨을 고를 수 있는 곳이었다. 아와사 호수는 고요한 위안처럼 다가왔다. 이른 아침 호숫가를 거닐며 대머리황새와 흰꼬리원숭이를 구경하던 중, 국립공원 입구에서 한 꼬마가 다가왔다. 간절한 눈빛으로 돈을 달라고 했다. 나는 여행 중 구걸하는 아이에게 현금을 주지 않기로 마음먹었지만, 아이의 뒷모습이 자꾸 마음에 남았다. 곧 알게 된 사실은, 그의 어머니가 근처에서 커피를 팔고 있다는 것이었다. 나는 그 자리에서 커피를 사 마셨다. 에티오피아 커피는 세상에서 가장 깊고 진한 향을 품고 있었다. 노상카페 같은 자리에서 마신 따뜻한 커피 한 잔은, 긴장의 매듭을 천천히 풀어주었다.

다음 목적지는 진카였다. 아프리카 원주민 부족들이 많이 모여 산다는 남서쪽 도시다. 아와사에서 아르바민치로, 다시 버스를 갈아타야 갈 수 있었다. 그러나 버스는 출발조차 하지 못했다. 한 남자가 기사를 집요하게 시비하다가 끝내 몸싸움으로 번졌고, 경찰이 출동해 두 사람을 함께 끌고 갔다. 버스는 운전기사가 없다는 이유로 운행이 취소되었다. 일단은 중간 지점인 '콘소'라는 마을까지 가기로 했다. 마침 콘소행 버스가 막 출발하려는 참이었다.

콘소에서는 여행 인생 최악의 숙소를 만났다. 부킹닷컴도, 에어비앤비도 없어서 큰 배낭을 메고 수소문한 끝에 찾은 작은 곳이었다. 방 문을 열자마자 코를 찌르는 하수구 냄새가 덮쳐왔다. 화장실 문은 위아래가 뚫려있어 냄새가 그대로 방 안으로 들어왔고, 물조차 나오지 않았다. 구석에는 노란 플라스틱 통 하나만 덩그러니 있었다. 에티오피아 사람들의 일상처럼 그 통에는 누런 흙탕물이 있었다. 아마 근처 강에서 떠온 물일거다. 침대에는 낡고 지저분한 시트가 덮여 있었고, 방충망 하나 없는 창문으로 모기가 끊임없이 날아들었다. 문은 잠금 장치조차 제대로 작동하지 않아, 힘으로 밀면 열릴 것 같았다. 나는 생수 한 병을 사와 대충 세수와 양치를 하고, 침대 위에 내가 들고 다니던 침낭을 폈다. 더웠지만 차라리 땀을 흘리는 편이 진드기나 벼룩보다 낫겠다는 생각이 들었다. 그렇게 나는, 모기 소리에 뒤척이며 잠 한숨 못 자고 밤을 지새웠다.

그날 밤, 나는 '왜 여기까지 와야 했을까.'라는 질문을 반복했다. 하지만 불평하고 의심한다고 해서 상황이 바뀌지는 않는다. 나는 이렇게 우울하게 여행하고 싶지 않았고 곧 생각을 바꿨다. '그래, 이게 바로 진짜 여행이지.' 늘 예상할 수 없는 변수, 불편함, 때로는 공포. 하지만 그 안에서 내가 조금씩 더 단단해지고 있다는 걸 느꼈다. 그날 밤, 땀에 젖은 채 침낭 속에서 눈을 감으며, 나는 처음으로 이런 생각을 했다. '나는 지금, 아프리카를 걷고 있다. 진짜로.' 그리고 그 한 줄의 실감이, 잠들 수 없는 아프리카의 깊은 어둠 속에서도 내게 깊은 위안을 건네 주었다.

다큐멘터리 너머의 현실

콘소에서 악몽 같던 하룻밤을 보낸 뒤, 새벽 다섯 시에 숙소를 나섰다. 아직 어두컴컴한 하늘 아래 버스 터미널이라고 하기엔 민망한 공터에 버스 몇 대가 줄지어 있었다. "진카!" 하고 외쳤더니 낡은 봉고차로 안내받았다. 일찍 도착했다고 생각했는데, 이미 자리는 만석이었다. 그러나 이곳은 아프리카였다. 12인승 승합차에 스무 명 넘는 사람들이 몸을 웅크리고 앉아 있었고, 틈새마다 짐이 끼워져 있었다. 버스는 사람을 태우는 동시에 석탄을 싣고, 주민이 부탁한 물품을 내려주며 화물차 역할까지 해냈다.

아디스아바바를 떠난 지 사흘 만에야 진카에 도착했을 때,

온몸은 먼지와 피로에 절어 있었다. 나는 내게 선물로, 조금 좋은 숙소를 예약했다. 따뜻한 물로 샤워하고, 쌓인 빨래를 맡기니 비로소 마음이 정리되는 느낌이었다. 이동이 계속되다 보니 끼니도 거른 지 꽤 되어 배가 고팠다. 음식을 주문하고 멍하니 앉아있는데 외국인이 도착했다는 소문이 퍼졌는지 현지 가이드가 하나둘 찾아왔다. 모두 원주민 마을을 보여 주겠다고 제안했다. 하지만 나는 이미 체력이 바닥이었기에 "오늘은 너무 힘들어서 혼자 있고 싶어."라고 정중히 말했고, 그들 중 한 명은 "내일 다시 오겠다."라고 말하며 돌아갔다.

다음 날, 가이드 중 한 명이 다시 숙소를 찾아왔고, 그의 안내를 받아 매주 토요일마다 열리는 전통시장을 구경했다. 로컬 가이드를 동행한 덕분인지 시장 사람들은 대체로 호의적이었다. 그는 버터를 헤어젤처럼 사용하는 문화나, 가축을 흥정할 때 판매자의 손등에 키스하는 전통, 이 부족이 만든 수공예품들에 대해 자세히 설명해 주었다. 에티오피아가 특히 촬영에 민감한 이유도 알려주었다. "예전에 다큐멘터리나 봉사단체가 무단으로 촬영해가서 아프리카를 불쌍하게만 보여줬어요. 그래서 카메라 자체를 싫어하는 사람이 많아요." 그 말에 나는 고개를 끄덕이지 않을 수 없었다.

브레이드를 해 보고 싶다고 하자 가이드는 아는 미용사도 소개해 주었다. 미용실이 아니라 가정집 한켠 의자에 앉아 머리를 땋는 방식이었다. 그녀의 손이 빠르게 움직이는 동안, 아이들이 삼삼오오 모여들었다. 생소한 내 외모가 신기한 듯, 여자아이들이 내 머리카락을 만지며 웃음을 터뜨렸다. 나는 그 맑은 눈동자들과 천진한 호기심이 좋았다. 저녁에는 마을에서 기독교 행사가 있었다. 에티오피아는 무슬림과 기독교인이 거의 비슷한 비율로 존재하는데도 종교 갈등이 적은 편이라고 했다. 이질적인 조화가 놀라웠다.

그리고 마침내, 오모밸리로 향하는 여정이 시작됐다. 이곳에는 무르시족, 하마르족, 카로족 등 스무 개 가까운 부족이 살고 있다. 입술에 접시를 끼우고, 머리에 붉은 흙과 기름을 바르고, 온몸에 흰 점토로 무늬를 그리는 사람들. 그중 나는 무르시족을 만나기로 했다. 내 가이드는 무르시족 어머니와 아리족 아버지 사이에서 태어난 사람으로, 부족과 친분이 있었다.

여행사 차량을 렌트하면 300~400달러가 드는데, 당시엔 비수기라 다른 외국인을 구할 수 없어 로컬버스를 타기로 했다. 새벽 여섯 시, 우리는 터미널에서 다시 만났고, 버스는 만석이 될 때까지 무려 다섯 시간을 기다렸다. 지루했지만 작은 노천카페에서 에티오피아 사람들과 대화하며 시간을 보냈다. 이번 동승객은 네 명의 무르시족 가족이었다. 엄마와 아이들이었는데, 엄마는 10대처럼 보였고, 나이를 묻자 "무르시족은 나이는 세지 않아." 하고 말했다. 그들은 장이 열리는 날 마을 밖에 나왔다가 돌아가는 길이라고 했다.

국립공원 입구에서는 총기를 든 군인이 모든 승객의 짐을 검사했고, 그 작업에만 한 시간이 소요되었다. 다시 버스가 달리기 시작하자 갑자기 굉음이 들렸고, 타이어가 터졌다. 모두가 하차했고 남자들은 예비 타이어를 끼우는 것을 도왔다. 나는 처음으로 타이어를 들고 다니는 이유를 납득했다. 버스 안에는 원주민도, 아이들도, 심지어 닭도 함께 타고 있었다. 복도를 돌아다니는 닭을 보며 웃음을 참을 수 없었다.

세계 어디서든 낯선 여행자에게 건네는 아이들의 환대는 해맑게 반짝인다.

정해진 정류장은 없었기에, 가이드는 기사에게 특정 위치에서 내려달라고 부탁했다. 아무것도 없는 들판을 지나 안쪽으로 들어가니 움막 몇 채가 보이기 시작했다. 마침내 무르시족의 마을이었다. 대부분의 남성은 일을 하러 나가고, 마을에는 여성과 아이들만 있었다. 우리를 맞이한 이는 가정 부문을 담당하는 부족장이었고, 그와 인사를 나눈 후 마을 안으로 들어갔다. 아이들은 내 머리끈에 관심을 보였고, 한 할머니는 내 얼굴에 천연 염료로 그림을 그려주었다. 무르시족의 환영 표시였다. 움막 안으로 들어가 보니 좁디좁은 공간에 여섯 명이 이미 자리를 잡고 있었다. 그 안에서 장작불이 피워지고 있었고, 열 명 정도의 가족이 함께 사는 구조라고 했다.

무르시 여성들은 모두 입술에 접시를 끼우고 있었고, 이는 성인식의 일환이었다. 접시의 크기가 클수록 아름답다고 여겨지고, 결혼지참금도 많이 받을 수 있다고 했다. 한국에서 자란 나로서는 입술을 찢어 접시를 끼운다는 게 잔인하게 느껴졌지만, 그것은 그들의 문화였기에 존중해야 한다고 생각했다. 나는 그들을 위해 준비해온 비누를 가정마다 나눠주었고, 아이들에게는 머리끈을 하나씩 나눠주었다. 어떤 이는 곧바로 강으로 가서 샤워했고, 아이들은 고무줄을 가지고 소리 내어 웃으며 놀았다. 물론 이곳 역시 관광객의 발길이 닿은 곳이었지만 비교적 상업화되지 않아 덜 부담스러웠다.

사실 콘소에서 진카로 이동하는 게 너무 힘들어서, 처음엔 이곳까지 오는 것을 포기할까 고민했었다. 하지만 막상 이 마을을 보고, 그들 사이에 앉아 같은 공기를 마시며 시간을 보낸 그 경험은 내게 너무나도 진귀한 순간이었다. 진카를 오지 않았다면 두고두고 후회했을 것이다. 불편하고 위험한 여정 속에서야 비로소 만날 수 있는 진짜 세상이 있다는 걸 다시 한 번 더 느꼈다.

가장 가까이,
야생과 맞닿은 순간

국경을 넘을 때마다 새로운 세상이 펼쳐진다. 에티오피아에서 케냐로 향하던 날도 그랬다. 국경 근처의 허름한 건물들, 깨지기 직전의 포장도로, 그리고 무표정한 사람들의 얼굴. 하지만 몇 걸음만 더 나아가 케냐 땅을 밟는 순간, 같은 아프리카 대륙임에도 전혀 다른 공기가 감지됐다. 길이 반듯해지고, 옷차림이 조금 더 단정해졌으며, 무엇보다도 영어가 통한다는 것. 나는 다시금 '언어'라는 키워드가 여행에서 얼마나 중요한지를 절실히 깨달았다.

에티오피아에서는 은행을 찾거나 버스표를 끊는 일조차 고난의 연속이었다. 밤엔 외출도 꺼려야 했다. 그러나 케냐에 들어서자 버스 터미널은 체계적이었고, 야간 장거리 버스도 있었으며, 나이로비에선 달러를 인출할 수 있는 ATM까지 보였다. 아프리카가 원시적이고 싸다는 편견은 순식간에 무너졌다. 오히려 이곳은 돈 없는 여행자에게 더 가혹했다. 계란 한 알도 비쌌고, 사파리 투어나 킬리만자로 등반은 수백 달러가 들었다.

그럼에도 나는 '이왕 아프리카까지 왔으니'라는 마음 하나로 길을 이어갔다. 그렇게 도착한 곳이 마사이마라 국립공원이었다. 탄자니아와 케냐를 잇는 세렝게티 초원. 해마다 수백만 마리의 누떼와 얼룩말이 목숨을 걸고 강을 건너는 '대이동'의 무대였다. 다큐멘터리 속 신화처럼만 여겼던 장면을 직접 본다는 사실에 온몸이 전율했다. 게다가 나는 운이 좋았다. 7월 말, 누떼의 두 번째 물결이 케냐로 넘어오는 시기에 정확히 맞춰 마사이마라로 향한 덕분이다. 거대한 초원에서 맞이한 새벽 공기는 상쾌하면서도 팽팽한 긴장감을 품고 있었다. 드넓은 지평선 아래로 먼지가 이는 방향을 따라가자 정말 수천 마리의 누떼가 우르르 몰려 강가에 도착해 있었다. 얼룩말과 섞여 흐르듯 이동하는 그 장관은 말로 설명할 수 없을 만큼 경이로웠다. 그 중 몇 마리가 머뭇거리며 발을 디뎠고, 이내 무리를 따라 하나둘씩 국경을 넘어오기 시작했다. 아찔하고도 치열한 생존의 현장이었다. 눈앞에서 벌어지는 그 장면은 너무나도 생생하고 리얼해서 오히려 숨이 멎을 정도였다. 내가 지금 살아 있는 자연의 한복판에 있다는 사실이 뼈에 사무쳤다.

사파리의 여운을 안은 채 나는 곧장 남쪽으로 향했다. 목적지는 킬리만자로. 아프리카 대륙에서 가장 높은 산, 눈 덮인 정상과 초록 사바나를 동시에 품은 곳이자 오래전부터 내 여행 버킷리스트에 있던 이름이었다. 탄자니아 북동부 모시 마을에 도착하니 등반객들로 북적였다. 나는 여러 가이드를 비교한 끝에 믿음직한 베테랑, 딕슨을 선택했다.

킬리만자로 등정은 간단한 일이 아니었다. 입장료부터 만만치 않았고, 오를 날짜를 정하면 연장이나 변경이 불가했다. 등반 중 휴식일을 추가하거나 컨디션 조절을 하려면 그 자체로 실패였다. 그래서 나는 처음부터 '6일 안에 완주한다'는 마음으로 철저히 준비했다. 다행히 딕슨은 훌륭한 동반자였다. 그가 데려온 요리사와 세 명의 포터는 내가 매 순간 집중할 수 있도록 배려해 주었다. 짐을 나르고, 식사를 준비하고, 숙소를 마련하는 일까지, 내가 해야 할 건 걷는 것뿐이었다. 하지만 걸음 하나하나가 쉬운 일은 아니었다. 사바나를 지나 열대림을 걷고, 고산지대를 향해 오르며 기후와 환경은 계속 바뀌었다. 낮에는 햇살이 따가웠고, 밤에는 살을 에는 듯한 냉기가 찾아왔다.

히말라야 트레킹을 떠올리며 따뜻한 롯지를 기대했던 나는 첫날 밤부터 예상치 못한 추위에 몸을 떨었다. 바람이 들어오는 틈새 가득한 목조 건물은 너무나 열악했고 샤워는커녕 씻을 물도 부족했다. 침구도 없었다. 딕슨이 여벌 옷을 건네주지 않았다면 나는 그 첫날을 넘기지 못했을지도 모른다. 함께 묵던 유럽 친구는 초반부터 고산병에 시달리다 결국 포기했다. 그녀는 매일같이 울었고, 결국 정상에 오르지 않겠다고 포기 선언을 했다. 딕슨은 내게 부정적인 영향을 미칠까 우려했지만, 나는 오히려 나의 걸음에만 집중했다. 등정 마지막 날에는 나에게도 고산병이 찾아왔다. 4,800미터를 넘기면서 숨이 가빠지고 머리가 어지러웠다. 마지막 롯지까지 가는 길은 너무나 느렸고, 온몸이 축 처진 상태로 겨우 도착할 수 있었다. 그럼에도 포기하지 않은 이유는 나를 끝까지 나를 믿고 싶었기 때문이다.

밤 11시, 드디어 정상으로 향하는 마지막 걸음을 떼야 할 시간. 랜턴 불빛 하나에 의지해 딕슨과 함께 산을 오르기 시작했다. 칠흑 같은 어둠과 한걸음마다 숨이 턱 막히는 고산, 그리고 잠에 겨운 몸까지. 딕슨은 졸음을 참지 못하는 나를 향해 끊임없이 외쳤다. "자면 안 돼!" 그렇게 몇 시간이 흘렀을까. 붉은빛이 지평선을 물들이기 시작했다. 나는 킬리만자로의 일출을 눈에 담았다. 세상의 끝에서 맞이한 새로운 하루, 그것은 그 무엇과도 바꿀 수 없는 선물이었다.

내가 도착한 곳은 길만스 포인트(5,681미터)였다. 정상인 우후루 피크까지는 아직도 시간이 필요했지만 나는 이 지점에서 발걸음을 멈추었다. 모든 에너지를 소진한 상태였고, 더 지체했다가는 하산이 불가능할 수도 있었다. 미련은 있었지만, 후회는 없었다. 나는 최선을 다했고, 이곳까지 올라왔고, 내 한계를 직면했으니까

딕슨은 나를 꼭 안아주었다. 그는 내가 해낸 걸 알고 있었다. 좋은 가이드를 만났다는 사실과 포기하지 않고 나아갔

다는 사실이 이 모든 경험을 더욱 값지게 만들었다. 아프리카의 드넓은 초원에서 야생의 삶을 마주했고 하늘과 맞닿은 산의 정상에서 나의 내면을 마주했다. 이렇게 나는 아프리카에서, 조금 더 단단한 내가 되어 있었다.

세상에서 제일 느린 기차

킬리만자로의 바람을 품은 채 나는 탄자니아 잔지바르 섬으로 향했다. 새하얀 모래사장과 투명한 바다, 염도 높은 공기가 나른한 피로를 씻어냈다. 그렇게 일주일을 푹 쉬었으니 다시 떠날 차례였다. 다음 목적지는 잠비아, 세계 3대 폭포 중 하나인 '빅토리아 폭포'를 만나기 위함이었다. 수많은 루트가 있었지만 나는 그중 가장 낭만적인 길, 타자라(TAZARA) 열차를 선택했다.

타자라는 탄자니아의 다르에스살람에서 시작해 잠비아의 카피리음포시까지 이어지는 약 1,860킬로미터의 철로다. 단순한 교통수단을 넘어, 아프리카 대륙의 심장을 가로지르는 '여정' 그 자체였다. 홈페이지에는 완주하는 데 36~50시간 걸린다고 적혀 있었지만, 실제로는 누구도 정확한 도착 시간을 말하지 않았다. '이틀 반쯤'이라는 대답이 가장 현실적이었다.

내가 배정받은 일등석 침대칸에는 세 명이 함께했다. 스위스에서 봉사활동을 온 의대생, 무거운 짐을 이고 탄자니아 국경까지 간다는 여성, 그리고 나. 스위스 여자는 출발 10시간 후 작은 마을에서 내렸고, 탄자니아 여성은 외국인과 기차를 탄 사실에 들뜬 듯 여러 통의 전화를 걸어 자랑을 늘어놓았다. 흥미롭게도 스위스 여자는 자국의 의대생들이 한 학기 정도 아프리카에서 봉사하는 프로그램이 있다고 했다. 내가 아프리카 곳곳에서 마주쳤던 젊은 독일·스위스인들의 정체가 그제야 이해됐다.

열차는 생각보다 느렸고, 객실에는 에어컨도 선풍기도 없었다. 창문을 열면 시원한 바람이 들이쳤지만, 동시에 미세한 먼지와 열기도 따라 들어왔다. 바닥은 하루 한 번씩 청소부가 쓸고 닦았지만, 복도에서 만난 청소부가 쓸어 모은 쓰레기를 창밖으로 그대로 던지는 모습을 보고 처음엔 충격을 받았다. 그러나 시간이 지나며 이해하게 됐다. 이곳에서는 '쓰레기통'이라는 개념 자체가 생소하다는 것을.

도심을 벗어나 사바나로 접어들자 창밖 풍경은 완전히 달라졌다. 풀색 초원, 드문드문 보이는 바오밥 나무, 그리고 머리 위를 둥글게 감싸는 파란 하늘이 시야를 가득 채웠다. 식당칸에서 먹는 단출한 저녁식사는, 붉게 물든 노을을 배경으로 할 때 가장 특별했다. 아프리카의 노을은 정말이지, 그림 같다. 공기 중에 섞인 흙먼지마저도 황금빛으로 반짝였다.

둘째 날 아침, 객실에는 나와 탄자니아 여성만 남았다. 커피를 마시고 싶어진 나는 다시 식당칸으로 향했다. 기차는 작은 마을마다 멈췄고, 그때마다 아이들이 우르르 몰려와 창문 안을 들여다보았다. 어떤 아이는 손을 흔들었고, 어떤 아이는 웃으며 돌멩이를 던지기도 했다. 외국인을 처음 보는 아이들에겐 내가 작은 이벤트였을지도 모르겠다. 반면 큰 마을에선 몇 시간씩 정차했다. 그 시간 동안은 전기와 화장실이 모두 멈췄고, 직원들이 물통을 들고 다니며 화장실 물을 채웠다. 불편했지만, 오히려 그런 '멈춤'이 싫지 않

80시간의 아프리카 열차 여행.

았다. 어디론가 급히 서두르지 않아도 되는 공간, 기차의 느림에 맞춰 나 역시 느긋해졌다.

국경 근처 마을에서는 대부분의 승객들이 내렸다. 비좁던 객실이 갑자기 넓게 느껴졌다. 한산해진 식당칸에 앉아 맥주 한 병을 마시고 있는데 한 가족이 들어왔다. 벨기에에서 온 이들은 부부가 두 아이와 함께 1년간 세계여행 중이라고 했다. 아프리카는 그 시작점이었다. 아이들은 자기 몸만한 가방을 메고 있었고, 정차 중에는 현지 아이들과 공놀이를 하며 놀았다. 낯선 인종을 겁내는 법도 없었다. 일상적으로 세계를 여행해 온 흔적이었다. 그들을 보며 나중에 아이가 생긴다면 꼭 함께 여행하고 싶다는 생각이 들었다. 배움은 꼭 교실에서만 이뤄지는 게 아니니까. 낯선 환경, 새로운 언어, 다양한 사람들 속에서 경험으로 익히는 인생 수업이었다.

한번은 어두운 벌판 어딘가에서 기차가 멈췄다. 이곳이 목적지는 아닌데 시간이 흐르고도 출발할 기미가 보이지 않아 식당칸으로 가 보니 열차가 탈선했다는 이야기가 흘러나왔다. 현지 직원들이 손전등 불빛 아래에서 철로를 손보는 모습이 보였다. 늘 사고가 나는 구간이라고 했다. 결국 그날 새벽 모두가 잠들어 있을 때, 열차는 방향을 틀어 우리가 하루 전 지났던 마을로 되돌아갔다. 시간만 허비한 꼴이었다. 이후 국경 근처에서 기차 대신 버스를 타야 했고, 이 과정에서도 크고 작은 지연이 이어졌다.

그러나 국경을 넘자마자 기차는 또다시 멈춰섰다. 잠비아 쪽 역에는 수많은 현지인이 몰려 있었고, 외국인은 나 포함 고작 여섯 명뿐이었다. 그중에는 캐나다에서 온 여성이 있었는데, 나와 같은 열차에 있었지만 객실이 달라 처음

만났다. 우리는 금세 친해졌고 이후 같은 숙소를 배정받아
남은 여정을 함께했다 그녀도 나처럼 오랜 여행자였고, 이
여정을 끝으로 캐나다로 돌아가 쉼을 가질 계획이라 했다.
그런 이야기들이 좋았다. 말하지 않아도 서로를 이해할 수
있는 여행자들만의 정서가 있다.

그리고 마침내, 기차를 탄 지 73시간 만에 카피리음포시에
도착했다. 몸은 뻐근했고 씻지도 못해 찝찝했지만, 그 모든
고단함을 덮을 만큼 의미 깊은 여정이었다. 하지만 끝이
아니었다. 나는 다시 8시간을 달려 잠비아의 수도 루사카
까지 가야 했다. 벨기에 가족은 그곳에 남고, 나는 캐나다
여성과 함께 마지막 이동을 마무리했다. 밤 12시가 되어서
야 숙소 침대에 누웠다.

아프리카가 내게 가르쳐준 건 단순했다. 모든 것을 내려놓
고 기다릴 줄 아는 여유이다. 그 순간의 불확실함까지도
여행의 일부로 받아들이는 태도가 필요했다. 계획대로 되
지 않는 일이 대부분이지만, 그 속에 숨어 있는 진짜 여행
의 맛을 아는 사람은 아프리카에서의 여행을 온전히 즐길
수 있다.

한 달의 캠핑카 생활,
나미비아 로드트립

잠비아에서 마주한 빅토리아 폭포는 말 그대로 숨이 멎는 장관이었다. 끝없이 쏟아져 내리는 물줄기가 만들어내는 굉음은 내 마음속 깊은 곳까지 흔들었다. 폭포 앞에 서 있는 것만으로도 지금 이 자리에 오기까지의 모든 여정이 주마등처럼 스쳤다. 팬데믹으로 세계여행이 강제 종료됐던 그날 이후, 늘 마음속에 미완의 이야기가 남아 있었는데, 그 조각들이 비로소 하나씩 맞춰지는 듯했다.

그 무렵, 나는 원래의 루트를 바꾸기로 했다. 서아프리카에서 캠핑카로 세계여행을 이어가던 한 유튜버와 연락이 닿았고, 마침 나미비아에 있을 예정이라는 소식을 들었다.

나 또한 그곳에서 합류해 처음으로 캠핑카 로드트립에 나서기로 했다. 모든 것이 낯설었고, 기대만큼 걱정도 컸다. 낯선 환경, 낯선 동행, 그리고 그 속에서 새롭게 마주할 나 자신까지.

나미비아는 한국에서는 흔히 알려지지 않았지만, 유럽인들 사이에서는 오래전부터 인기 있는 로드트립 여행지였다. 국립공원이 잘 정비돼 있고, 인프라가 탄탄하며, 인구밀도가 낮아 드넓은 사막과 초원, 해안과 도시를 차로 달리며 자유롭게 탐험할 수 있었다. 우리는 나미비아 북부에서 출발해 서쪽 해안 도시를 거쳐, 수도 빈트후크를 찍고 남부 사막 지역을 지나 남아프리카 공화국으로 넘어가는 여정을 계획했다. 대략 한 달간의 로드트립이었다.

캠핑카는 곧 우리의 집이 되었고, 도로는 매일 달라지는 뷰를 선물해 줬다. 낮엔 붉은 사막이 창밖으로 펼쳐졌고, 밤엔 별이 가득한 하늘 아래 차 안에서 잠들었다. 때로는 흙먼지가 휘날리고, 간헐적으로 야생동물이 도로를 가로질렀다. 매 순간 순간이 현실 같지 않은 풍경 속에서의 삶이었다.

하지만 낭만만 있었던 건 아니다. 캠핑카는 본래 그 유튜버의 생활 공간이었다. 나는 그 공간에 초대받은 손님이었다. 수납공간이 없어서 짐을 펼치기도, 정리하기도 힘들었다. 친구는 이미 자신의 방식대로 정해놓은 규칙들이 있었고, 나는 그 틀 안에서 조심스럽게 나를 맞춰가야 했다. 처음엔 은근히 불편했고, 내가 이 여정에 끼어들고 있는 건 아닌지 고민도 들었다. 그 역시 낯선 사람과 한 달 동안 함께 지내는 것에 불편함이 있었을 것이다. 서로의 리듬을 조율하고 적응하는 일은 꽤 긴 시간이 필요했다.

그럼에도 나미비아의 캠핑장들은 그런 불편을 충분히 상쇄했다. 잘 정돈된 샤워실, 전기 공급, 깨끗한 주방시설은 물론이고, 자연과의 조화도 뛰어났다. 대부분의 캠핑장은 평화롭고 조용했으며, 무엇보다 가격이 정말 저렴했다. 하루 만 원도 안 되는 금액으로 넓고 안전한 공간에서 숙박이 가능했다. 때로는 국립공원 내부의 캠핑장에 머물며 아침에 기지개를 켜는 순간 창밖에 야생동물이 서있는 풍경을 마주하기도 했다.

가장 선명히 남은 밤은, 캠핑장에 도착하지 못하고 노지에서 차박을 했던 날이다. 해가 지기 시작했을 때까지만 해도 '조금 더 가면 되겠지' 했지만, 나미비아의 어둠은 빠르게 찾아왔고 도로 위엔 차 한 대도 없었다. 주변엔 가로등도, 건물도 없이 대자연뿐이었다. 결국 우리는 사막 한복판의 평지에 차를 세웠고, 그곳에서 하룻밤을 보냈다. 불편한 침낭과 씻지 못한 몸, 바람 소리와 먼지 냄새. 그 모든 불편함 속에서 보았던 노을은 지금도 내 기억 속에서 가장 생생한 풍경으로 남아 있다. 붉은빛이 황금빛으로 번져가던 그 하늘. 바퀴 위의 작은 집에서 바라본 가장 커다란 세계였다.

그렇게 한 달이 지나, 우리는 남아프리카 공화국의 최남단에 도착했다. '드디어 도착했다'는 기쁨보다, '이제 그만해도 되겠다'는 묘한 평온이 찾아왔다. 어쩌면 그 순간 나는 내 안의 여정을 마무리하고 있었는지도 모른다. 몇 년 전 팬데믹으로 인해 중단됐던 여행에 대한 미련, 계획대로 되지 않아 마음속에 쌓였던 아쉬움. 그 모든 감정이 이 로드트립을 통해 조금씩 해소된 듯했다.

어딘가에 도달하는 것이 아니라 지나가는 모든 풍경과 사람들, 갈등과 화해, 그리고 평범한 일상 속의 비일상이 진짜 여행이구나 하는 생각이 들었다. 매일 밤 마주하던 별들과 모닥불, 그리고 때로는 싸우기도 했던 동행자와의 관계가 나를 더 단단하게 만들었다. 로드트립은 단순히 길을 달리는 것이 아니라, 마음의 길을 만들어가는 일이었다.

나는 다시 확신했다. 세상은 여전히 넓고, 아직 가 보지 않은 길은 많으며, 그 길 위에는 내가 만날 사람과 내가 될 또 다른 내가 기다리고 있다는 것을. 다음에도 누군가와 함께 바퀴 위의 삶을 나눌 수 있을지는 알 수 없지만, 적어도 이제 나는 그 삶이 무엇인지 조금은 알게 되었다.

다시 찾은 인도

아프리카 육로 종단이 끝났다는 실감은 케이프타운에서 한국행 비행기 대신 인도행 항공권을 검색하면서야 비로소 찾아왔다. 그냥 돌아가고 싶지 않았다. 지난 여행에서 남긴 아쉬움과 누리지 못한 여유를 조금 더 채워보고 싶었다. 그렇게 나는 먼 길을 돌아 뭄바이로 향했다.

착륙 직전 창밖으로 내려다본 뭄바이의 풍경은 낯설면서도 묘하게 익숙했다. 향신료 냄새가 배어 있는 공기, 혼잡한 도로, 끝없이 이어지는 소음. 그런데 이상하게도 마음이 편안했다. 아, 돌아왔구나. 마치 집에 온 듯 안도감이 밀려왔다. 처음 인도에 발을 디뎠던 때를 떠올려보면 참 신기

나의 인도.

한 변화였다. 그땐 모든 것이 낯설고 무서웠다. 시끄럽고, 혼란스럽고, 사기꾼 같던 사람들에 지쳐있었다. 그런데 유럽을 지나고, 중남미와 아프리카까지 거친 지금의 나는 그 모든 것에 웃고 있었다. 인도의 말장난쯤은 유쾌한 농담으로 들렸다.

뭄바이에서 기차를 타고 남부로 내려가며 이번 여행의 목적지를 정했다. 지난번 북인도의 강렬하고 혼란스러운 기억과 달리, 이번에는 조금 더 따뜻하고 느긋한 시간을 원했다. 인도는 워낙 넓어 지역마다 문화와 언어, 음식, 종교가 뚜렷하게 달랐다. 북쪽이 힌두교 중심의 밀 음식 문화라면, 남쪽은 다양한 종교가 공존하며 쌀 위주의 식단을 갖고 있었다. 미디어에서 흔히 접하는 북인도와 달리, 남인도는 상대적으로 조용하고 평화로웠다.

인도의 실리콘밸리라 불리는 뱅갈루루에 도착했을 때는 마치 다른 나라에 온 듯했다. 세련된 카페와 고층 빌딩, 서구식 옷차림의 사람들. 관광객이 드물어 피곤함이 덜했고, 그 덕분에 사람들의 일상 리듬을 천천히 관찰할 수 있었다. 뱅갈루루는 주변 명소들과도 가까워 여행의 기착지로도 제격이었다. 나는 그곳에서 '요가의 도시' 마이소르로 향했다. 마이소르로 가는 기차를 기다리며 역에 앉아있는데, 10대로 보이는 인도 여성이 먼저 말을 걸어왔다. 그녀는 의외로 당당했고, 영어도 능숙했다. 우리는 몇 마디 대화를 나눈 뒤 번호를 교환했고, 그녀는 자신의 마을로 초대했다. '언제든 놀러와요!'라는 말이 진심이었는지, 나는 마이소르 요가 수련을 마친 주말에 정말 그 마을로 향하게 되었다.

마이소르에서의 요가 수련은 평소의 나와는 전혀 다른 일상이었다. 새벽 6시에 시작해 하루 너댓 개의 수업이 있었고, 숙식이 포함된 '홀리데이 요가' 프로그램 덕분에 부담 없이 머무를 수 있었다. 요가원에는 이란에서 단체로 온 요가 수련자들, 프랑스에서 자원봉사하는 요리사, 독일에서 온 친구 등 다국적 사람들이 있었다. 수업 사이사이 마다 나누는 대화는 모두 여행자이자 수행자의 것이었다. 아침과 점심, 저녁은 인도식 비건 요리였는데 처음엔 이국적이라 좋았지만, 시간이 지날수록 고기와 신선한 채소가 그리워 외출해서 혼자 외식을 하곤 했다.

요가 수련을 마친 뒤 나는 더 남쪽으로 향했다. '남인도의 바라나시'라 불리는 마두라이에 들러 유명한 사원에 들어가 종교적 분위기를 느꼈고, 프랑스 식민지 영향이 남은 해변 도시 폰디체리에서 여유로운 시간을 보냈다. 그리고 인도 마지막 여정지, 첸나이에 도착했다. 첸나이에서는 한국인 친구의 소개로 인도인 가족 집에 머물게 되었다. 수닐이라는 친구는 수영과 달리기를 즐기는 에너지 넘치는 청년이었다. 그의 집에는 부모님, 동생 부부, 그리고 대형견 두 마리가 함께 살고 있었다. 며칠 뒤, 나는 그 강아지 중 한 마리의 생일파티에 초대받았다.

생일 당일 아침, 온 가족이 바쁘게 움직였다. 파티는 오전 10시였지만, 그 시간에도 여전히 풍선을 불고 테라스를 꾸미고 있었다. 꼬깔모자를 쓴 허스키는 한시도 가만히 있지 않았고, 가족들은 어떻게든 사진을 찍으려고 애썼다. 가장 웃겼던 건, 강아지용 케이크가 아닌 사람용 케이크를 준비했다는 점이다. 결국 생일 파티가 끝나고, 가족들이 다 같이 그 케이크를 맛있게 먹었다. 엉성하지만 진심이 담긴 그 순간은 나에게 큰 웃음을 주었다.

이번 인도 남부 여행은 어떤 면에서는 내 여행의 '쉼표' 같
았다. 몸을 움직이며 스스로를 정리하고, 사람을 만나며 삶
을 재정비했다. 인도는 아마 예전이나 지금이나 크게 달라
지지 않았을 것이다. 변한 건 나였다. 긴 여행 끝에 돌아온
인도에서 나는 더 유연해졌고, 여유로워졌고, 이 모든 순간
을 진심으로 즐길 수 있는 사람이 되어 있었다.

다시 가고 싶은 나라 1순위

첸나이에서 다음 행선지를 고민하던 중, 스리랑카를 경유하는 항공권이 눈에 들어왔다. 낯선 이름이 주는 호기심에 나는 별다른 계획도 정보도 없이 그 항공권을 결제했다. 인도와 같은 대륙 끝에 위치한 나라인데도, 분위기는 완전히 달랐다. 인도의 끊임없는 경적 소리와 혼잡함, 때로는 거칠었던 거리의 에너지는 이곳에 없었다. 거리에는 청결함이 감돌았고, 사람들의 표정은 한결 부드러웠다. 마치 '조용한 인도' 같았다.

놀랍게도 사람들은 내게 한국어로 말을 걸었다. 그것도 능숙하게. 인도에서조차 한국어를 들어본 적이 없었는데. 그

런데 더 놀라운 건 그들이 대부분 10대 소녀들이 아니라 20대에서 50대 남성이라는 점이었다. 알고 보니 스리랑카와 한국 정부는 일정 수의 노동자를 한국으로 보내는 협약을 맺고 있었고, 이들은 한국어 시험을 통과해야만 한국에 올 수 있었기 때문에 한국어 학원도 많았다. 한국과 한국인에 대한 인상도 긍정적이었다. 다녀온 사람들이 돌아와서 한국에 대해 좋은 인상을 퍼뜨려놓은 덕분이다. 덕분에 이 작은 섬나라에선 길가다 마주치는 사람들도 "안녕하세요"라고 인사를 건넸다. 처음엔 어색했지만, 이내 그 따뜻한 인사에 익숙해져 갔다.

내가 머물렀던 곳은 남서부 해안가에 위치한 웰리가마였다. 이곳은 서핑의 명소로, 매년 수많은 여행자들이 몰려드는 작은 마을이다. 바다는 맑고 잔잔했고, 파도는 초보자들이 배우기에 안성맞춤이었다. 나는 하루하루 해변에 앉아 파도 타는 사람들을 구경하며 여유롭게 시간을 보냈다. 그러다 우연히 머물던 호스텔에서 직원과 미팅을 하러 온 한 영국인 남성을 만나게 되었다. 그는 곧 근처에 카페를 오픈할 예정이라며 오픈 첫날에 초대해 주었고, 그렇게 나는 새로 문을 연 2층 건물의 카페에 가게 되었다. 1층은 카페,

2층은 요가 스튜디오. 햇살이 잘 드는 테라스엔 초록색 식물들이 가득했고, 나무로 만든 테이블에는 향긋한 커피 향이 맴돌았다.

그와의 대화는 단순한 인사로 시작했지만 곧 깊어졌다. 그는 이미 40여 개국을 여행했고, 대만에서는 영어 교사로, 중미에서는 봉사활동을 하며 지냈다고 했다. 다양한 경험 끝에 결국 스리랑카에 정착한 이유는 단순했다. 이 나라와 서핑에 사랑에 빠졌기 때문이었다. 나는 그의 삶에 조금은 질투를 느꼈다. 성공적인 커리어보다, 자신이 좋아하는 일을 하며 하루하루를 진심으로 즐기는 그의 모습이 부러웠다. 나 역시 언젠가 여행 중 사랑에 빠진 나라에 정착해 작은 공간을 운영하고, 나만의 리듬으로 살아가는 삶을 꿈꿨다. 그래서일까, 그는 내가 서핑을 즐긴다는 이야기를 알게 된 후로 스리랑카에서 무언가를 시작하라고 종종 제안하기도 했다.

스리랑카의 또 하나의 매력은 기차였다. 아주 느린 속도로 산과 숲을 통과하는 기차는 그 자체로 하나의 여행이었다. 창문을 활짝 열면 열대우림이 바로 옆에서 스쳐지나갔다. 가끔은 기차 안에서 차를 마시고 있노라면 시간이 멈춘 듯한 착각이 들 정도였다. 그 느린 리듬에 몸을 맡기고 캔디라는 도시로 향하던 중 우연히 한 스리랑카 가족과 동행하게 되었다. 그들은 나에게 대뜸 결혼식에 오지 않겠냐며 물어왔다. 알고 보니 며칠 뒤 형의 결혼식이 열린다고 했다. 초면에 받은 초대에 당황스러웠지만, 이런 기회가 또 언제 있을까 싶어 흔쾌히 수락했다.

결혼식 당일, 나는 버스를 타고 그들의 마을로 향했다. 도착하자 친구가 직접 차를 몰고 나를 마중 나왔다. 결혼식은 한 호텔에서 열렸는데, 전통적인 방식으로 진행되었다. 하객들은 모두 아름다운 전통 옷을 입고 있었고, 무대 위에선 전통춤이 펼쳐졌다. 한국의 결혼식이 두 시간 만에 끝나버리는 것과는 달리, 이 결혼식은 아침부터 늦은 오후까지 이어졌다. 외국인이 혼자 앉아 있는 모습이 신기했는지, 아이들은 수줍게 다가와 사진을 요청했고, 몇몇 남자들은 예전에 한국에서 일했다며 한국어로 인사를 건넸다. 점심 식사가 끝난 뒤, 모두가 무대로 향해 춤을 추는 시간이 되었고, 한 여성이 나를 무대로 끌어당겼다. 처음엔 너무나 민망했지만 이내 몸을 맡기고 흥겨운 리듬에 맞춰 춤을 추었다. 모두가 박수를 치고 웃었고, 그 순간만큼은 내가 이 방인이 아니라 진짜 손님이 된 기분이었다.

한 달이 채 되지 않는 시간 동안 나는 이 나라와, 이곳의 사람들과, 파도와, 느린 기차와, 따뜻한 대화들과 사랑에 빠지고 말았다. 인도양을 따라 이어진 그 조용한 해변 마을, 매일 저녁 붉게 물드는 하늘 아래서 들려오는 파도 소리, 한국어로 인사하던 아이들의 맑은 눈동자, 그리고 이름도 모르던 결혼식장에서 함께 웃고 춤추던 순간까지 모든 것이 선물이었다.

여행을 하며 항상 '다시 오고 싶은 나라' 리스트를 마음속에 적어두곤 하는데, 스리랑카는 그 리스트 중에서도 가장 위쪽에 적혀 있다. 언젠가 꼭 다시 돌아가 그 영국인 친구의 카페에서 커피를 마시고, 같은 파도 위에 함께 서보기를 꿈꾼다.

그리고 나는 다시, 길 위로

스리랑카를 떠나며 마음 한 켠이 뻥 뚫리는 듯했다. 이 작은 섬나라가 내게 남긴 감정은 생각보다 깊었고, 따뜻했으며, 오래 남았다. 여행의 끝자락에 다다랐다는 생각이 들기 시작한 건 아마 그 순간부터였을 것이다.

다음 목적지는 말레이시아였다. 동남아시아는 낯설지 않은 공간이다. 여행 초반, 세계여행의 출발점이기도 했고, 마음이 힘들 때면 늘 돌아오곤 하던 익숙한 품 같은 곳이었다. 하지만 이번은 달랐다. 쿠알라룸푸르 공항에 도착하자마자 들려오는 익숙한 한국어. 여기저기 한국 연예인이 광고하는 전광판이 번쩍였고, 쇼핑몰 푸드코트에서는 고소한 김치찌개 냄새가 났다. 어딜 가도 한국과 연결된 무언가가 보였다. 배낭을 메고 있음에도 여행자로서의 설렘보다는 우리 동네로 돌아온 듯한 편안함이 먼저 느껴졌다. 아주 오랜만에 긴장을 풀었다. 다시 일상으로 복귀하는 연습을 하는 것처럼 말이다.

여행을 마무리하기 전, 나 자신에게 선물처럼 한 달을 주기로 했다. 너무 많은 것을 보고, 많은 사람을 만나고, 많은 감정을 겪어왔으니 이제는 잠시 쉬어야 했다. 이집트에서 배운 프리다이빙을 마음껏 즐길 수 있는 바다가 있는 곳, 그곳이 바로 보홀이었다. 바다를 중심으로 살아보기 위해 작은 집을 빌렸다.

거의 매일 바다에 나갔다. 어느 날은 해변에 누워 과일주스를 마시며 하늘을 바라보았고, 어느 날은 보트에 몸을 맡기고 프리다이빙 명소를 향했다. 해저 20미터 아래까지 내려갔다가 천천히 수면 위로 올라오며 느끼는 고요함은 지난 2년간의 나를 차분히 감싸안는 느낌이었다. 또 다른 날에는 스쿠버 다이빙을 했다. 수중의 세계는 또 다른 우주 같았다. 말없이 떠다니는 고요한 나의 곁을 스쳐가는 물고기들과 알록달록한 산호들이 있었다.

보홀에는 한국인도 많았다. 레스토랑, 카페, 스파, 심지어 네일샵까지도 한국인이 운영했다. 거리 곳곳에 한국어 간판이 넘쳐났고, 마치 필리핀 속의 작은 코리아 같았다. 하루에도 7~8편의 직항편이 인천에서 이곳으로 온다니 놀랍지 않을 수 없었다. 그 덕에 한국에 있는 친구들도 나를 쉽게 찾아올 수 있었다. 필리핀 한 달 살이 중 친구 두 명이 나를 찾아왔다. 함께 해변을 걸으며, 맥주를 마시며, 이제 막 끝나가는 내 여행 이야기를 나눴다.

시간은 생각보다 빨리 흘렀다. 집을 구하고, 바다에 나가고, 친구들과 어울리며 보낸 한 달은 눈 깜짝할 새 지나갔다. 하루하루가 너무 평화로워서 이대로 영원히 있어도 좋을 것 같았다. 그즈음 깨달았다. 나는 정말 바다를 사랑하는 사람이구나. 물 위에 떠 있거나, 다이빙을 하거나, 심지어 해변에 누워 바라보는 것만으로도 충만한 행복을 느끼고 있다는 것을. 스리랑카에서 시작된 이 감정은 보홀에서 확신으로 바뀌었다. '언젠가 바다가 있는 따뜻한 나라에서 살아야겠다.' 그것이 이제는 목표가 되었다.

그리고 정확히 712일 만에, 나는 한국으로 돌아왔다. 두 번째 세계여행의 끝이었다. 이번에는 눈물이 없었다. 비행기 안에서 창밖을 보며 조용히 속삭였다. "정말 좋았어." 아쉬움보다 후련함이 컸다. 이루고 싶었던 많은 것들을 해냈고, 가 보고 싶던 곳들에 닿았고, 무엇보다도 나 자신을 더 잘 알게 되었다. 그렇게 나는 돌아왔다.

한국은 한겨울이었다. 숨을 쉴 때마다 입김이 피어오르고, 목도리를 칭칭 감아야 할 만큼 차가운 바람이 불었다. 오랜만에 보는 가족과 친구들은 반가웠고, 서로의 변화를 이야기했다. 두 달 동안 나는 여행을 잊은 사람처럼 바빴다. 가족과 시간을 보내고, 쌓인 정리를 하고, 잠시 일도 도왔다. 안정된 일상은 참 좋았다. 익숙하고 따뜻했다. 편했다. 오랜만에 아침부터 밤까지 계획된 하루를 보내는 것도 나쁘지 않았다. 이제는 이렇게 사는 것도 괜찮겠다는 생각이 들었다.

그러나 시간이 조금 더 흐르자 어김없이 마음 한 켠이 다시 들썩이기 시작했다. 서랍 깊숙이 넣어두었던 배낭이 자꾸 눈에 밟혔다. 어느 날은 지도를 펼쳐보고 있었고, 또 어떤 날은 예전 여행 사진을 꺼내보았다. 아프리카 종주를 마치던 순간, 더 이상 미련은 없다고 생각했는데 아니었다. 여행은 끝나지 않은 것이다. 세계는 여전히 넓었고, 나는 여전히 궁금했다.

주섬주섬 배낭을 꺼냈다. 다시 짐을 쌌다. 누군가 말했다. "넌 결국 다시 가는구나." 그래, 다시 가는 거다. 어딘지는 아직 정하지 않았지만, 확실한 건 이번에도 나를 조금 더 좋아하게 될 거라는 사실이다. 이번에도 세상이 나를 반겨줄 거라는 믿음도 있다.

이제는 여행이 도망이 아니라 삶의 일부가 되었다. 떠나야만 나다워지는 그 감정. 나는 또 한 번 나를 살아보기 위해, 길 위에 선다.

어디가 좋은지 몰라서 다 가 보기로 했다

초판 1쇄 발행 2025년 11월 12일

지은이   버드모이
펴낸이   박영미
펴낸곳   포르체

책임편집   유나
마케팅   정은주 민재영
디자인   황규성

출판신고   2020년 7월 20일 제2020-000103호
전화   02-6083-0128
팩스   02-6008-0126
이메일   porchetogo@gmail.com
인스타그램   porche_book

ⓒ 버드모이(저작권자와 맺은 특약에 따라 검인을 생략합니다.)
ISBN 979-11-94634-61-4 (03810)

여러분의 소중한 원고를 보내주세요.
porchetogo@gmail.com